水白 / 著

贵州出版集团
贵州人民出版社

图书在版编目（CIP）数据

我在我家 / 水白著. -- 贵阳 : 贵州人民出版社, 2025.2. -- ISBN 978-7-221-18876-2

Ⅰ.I267

中国国家版本馆CIP数据核字第2025J69M31号

WO ZAI WO JIA

我在我家

水白　/　著

出 版 人：朱文迅
策划编辑：黄蕙心
责任编辑：张　娜　陈　电
装帧设计：陈　电
责任印制：蔡继磊

出版发行：贵州出版集团　贵州人民出版社
地　　址：贵阳市观山湖区会展东路SOHO办公区A座
印　　刷：天津睿和印艺科技有限公司
版　　次：2025年2月第1版
印　　次：2025年2月第1次印刷
开　　本：787mm×1092mm　1/32
印　　张：9.75
字　　数：210千字
书　　号：ISBN 978-7-221-18876-2
定　　价：52.00元

如发现图书印装质量问题，请与印刷厂联系调换；版权所有，翻版必究；未经许可，不得转载。

目录

辑一　乡土拾遗

坳土 / 03

暗洞 / 08

雷应山 / 14

蚂蟥沟 / 19

丰产坝 / 24

大高山 / 30

大山坪 / 35

凉桥 / 40

马鞍山 / 45

石盆坳 / 50

辑二　我在我家

布鞋 / 57

出嫁 / 60

看电影 / 64

立房子 / 67

送葬 / 72

石匠 / 76

说春 / 79

行媒 / 82

迎亲 / 86

抢火炮 / 89

辑三　诗画童年

柏杨林 / 95

河沟 / 98

过年 / 101

酒父 / 104

梧桐的记忆 / 108

拜年 / 111

灯花 / 114

木板上的文字 / 117

女疯子 / 120

大花狗 / 123

冲不掉的房子 / 127

借米 / 131

八月瓜 / 135

苞谷地 / 138

辑四　乡里乡亲

乏二 / 145
一些远去的声音 / 156
把故事讲到天明 / 161
母亲的味道 / 167
大姨妈 / 172
贵仙 / 175
海波 / 179

辑五　被埋藏的故乡

被埋藏的故乡 / 185
乌江边上的那些事儿 / 213
两只鸟 / 221
麦酱 / 227
绿豆粉 / 230
花甜粑 / 234

辑六　心灵之旅

心灵之旅 / 239
在自由与皈依的河边行走 / 245

消失的陶匠 / 249

石头的生命 / 254

深秋的茶园山 / 258

心情接近春天 / 261

天生桥印象 / 265

衰落的土司遗址 / 268

寻求贞节的路 / 271

我的春天属于谁 / 275

孟溪笔谈 / 279

双峰山记 / 283

闲游锦江 / 287

挂社记 / 291

遗落在废墟的碎片 / 294

忘却烦恼的一夜 / 299

故乡不远处的石林 / 304

辑一 —— 乡土拾遗

坳土

坳土在我们家猪圈后山弯的那一边，小时望牛常去那里。

那土是寨上二伯家的，土边原本有一条小路，春夏种植之际，二伯家会把小路一并占有。但我们望牛娃儿不管那么多，仍牵着牛从那里来去自如。

骂归骂，吼归吼，谁让他把路给占了。

乡亲们都已习惯把那一块区域统称为坳土，只不过二伯家的那块土正好在坳上，而且是乡亲干活和孩子望牛的必经之地，所以那一块土也被特指为狭义的坳土。

坳土的丛林里有很多小竹子，望牛时，常用其制作两种玩具。一种是简易的乐器。砍一根竹子，先选一截匀称笔直的竹节，一头留节一头不留，再用刀把不留节的那头划破至离节不远处，然后就能吹奏出呜呜的声音。另一种是玩具枪。同样是选一截竹子，一头留节一头不留，在竹节上打一个小孔，另选一根小的竹子削成竹签，大小与竹孔差不多，长度比竹子长一个手把，这样，一把玩具枪就制作完毕了。"子弹"呢？一种是天然的。山上有一种植物，我们叫"炸拉子"，果实圆圆的，有两三颗米粒大小，是这种玩具枪的绝佳"子弹"。先用竹签将"子弹"从竹孔推至竹节处,把竹签取出来,再用竹签推一颗"子弹"出去,慢慢地推,推呀推呀推呀,不经意间,先前的那一颗"炸拉子"就会嘣的射向远方。还有一种"子弹",则是把废书废纸打湿,搓成圆圆的颗粒。

简易乐器和玩具枪,这两样玩意儿,是与坳土有关的最好的记忆了。

二伯家的那块土中有两块大石头,石头的中间是一条缝。在那里放牛时,一伙小孩总是从一块石头跳向另一块石头,看谁跳得高,看谁跳得远。有时,牛都不知跑哪儿去了,我们还在那里跳。

是哪一年的事已无法记清,能肯定的就是在这两块大石头中的一块上,我和大伯家的三毛并排坐着,月花孃孃一边喂我们吃八月瓜,一边教我们哼童谣,"排排坐,吃果果;果果香,买干姜……"时至今日,一说起八月瓜,这场景首先浮现在眼前。只是月花孃孃后来身患重症,已经离开人世。月花孃孃上山的早晨,她家门前的乌江河面升起层层薄雾,山间的白色与送葬队伍中孝衣的白色一道,缠绕着黑色的棺材匍匐前行。月花孃孃的坟也正好在一个山坳上,像极了故乡的坳土,只是她再也不能回到故乡的那块坳土了。

记忆中,癞子家是坳土的第一户而且是唯一一户人家。一天晚上,我们一家人在火坑边烤火,随着一声敲门声,癞子径直走到了我们家里。

"我们搬到坳土来住了。"还没坐下,癞子就激动地说起了这事。

"你搬到坳土了,望牛就不怕了。"我在旁边插话。

"背时挨刀砍脑壳的,关你崽崽家什么事?"母亲骂了我几句。

"和那个鬼老汉扯皮了。"癞子继续说道。

癞子说的鬼老汉就是他的父亲,人称"烂肠瘟"。"烂肠瘟"平时都是骂猪的,也不知别人怎么就给他取了这个诨名。按辈分,"烂肠瘟"是我的公辈,平时遇上都是公啊公地叫,但背地里也和其他人一样,"烂肠瘟烂肠瘟"地称。"烂肠瘟"家住在小溪边,日夜不停的溪水时刻为他一家欢呼。他还会扯一些中草药,会一些民间中医术。他家有三个女儿一个儿子,按理说,这个独儿子应是他心里所爱,两爷崽怎么会扯皮呢?

癞子的妇人是跑来的。那时,在乡里人看来,家庭再穷,明媒正娶才是婚姻的王道,否则,总有一种抬不起头而无脸面的羞耻之感。于男方的父母而言,女方为何跑来,是因没有教养还是其他;于女方的父母而言,男方是不是很穷而使出了烂办法?其次,于女方还损失了提亲过程中男方应该付出的一些成本,比如提亲、下书等环节要给女方的条方(切割成条的猪肉)、布匹、酥食等等;于男方又损失了女方的陪嫁,再穷的家庭,大小桌子、柜子、被子等还是必备的。

"烂肠瘟"家这个媳妇进门,他总觉得败坏了自己的门风,旁人的闲言碎语，再加上自己的儿媳又没有陪嫁，一家人住在一起，就像上嘴巴皮碰到下嘴巴皮，难免有碰到一起的时候。

至于具体是些什么事使他们父子走到了水火不容的地步，这是别人的家事，年幼的我也只能从大人的闲谈中去揣摩与猜测。

第二天放牛，我便去了坳土。一栋茅屋就立在两块大石头下面的土里。这就是癞子所说的新屋吧，我想。

没多久就过年了。除夕的晚上，寨上的人们都喜欢串年，就是你家走走我家坐坐。那时的年，好像就是全寨人的年，全家人的年。只有全寨的人在一起，围在火坑边，挤挤擦擦，才有那种温暖的味道；只有全家人坐在堂屋里，大人细娃一起，说说笑笑，才有那种一年过去而一年又来的时间感。

这年除夕晚上，我和父亲去了癞子的新家。

"我知道是有贵客要来，看这火笑的样子。"癞子说道。

火坑里的树蔸燃得正旺，我们坐在火坑边，父亲和癞子闲聊着。火坑的旁边摆放着朱红色的洗脸架，火光映照在上面，人影时隐时现。房子的四周用竹子和苞谷秆拦着，风一吹，发出沙沙的声响；房屋的上面是一些木棍支撑着的谷草和茅草，各类杂草与木棍之间铺了一层白色的塑料薄膜，房屋里面靠着一堵天然的土坎，锄头挖过后留下的一锄一锄的印子还清晰可见。

本是团圆的年夜，于癞子，却成了孤独的逃离之夜。他逃离了从小生活的小溪之边，逃离了供奉列祖列宗的香火，逃离了热闹而熟悉的村寨，逃离了世俗的目光。

那段时间，我们一伙孩子特喜欢去坳土放牛。因为有人家，心里便不再惧怕，有时月亮光光都出来了，我们却似乎忘记了回家，父母呼喊的声音从山坳传来，才赶起牛儿回家。牛的铃铛响起，癞子的茅屋才慢慢陷入沉静。

没多久，癞子一家又搬回小溪岸边与父母住在一起了。外人都说，癞子是个独儿子，他的父母还是要他送终。

可过了几年，癞子一家又搬到坳土来了，原因不得而知。

这次，他立了一间厢房。别人都觉得奇怪，癞子一家人的胆子为什么那么大，敢在坳土住，尤其是这里的坟堂又新增了一个主人。新增的坟堂主人是一个女人，她是白牛的二老婆。之前，白牛的大老婆得病死了，又说了这门亲事，结果没几年又死了。白牛害怕，他的家人也害怕，所以就把这女人埋到了坳土。事后不久，有人给白牛算命，说他八字小，只有一个办法可以让他不继续克死女人，就是把刚刚埋下的二老婆的身子翻过去（正常是面部向上），要把她翻至面部向下。白牛后来到底还是没去给二老婆翻身。这至今是个谜，但是他后来的女人一直活到现在。

坳土，是一块土还是很多块土，没有任何人告诉过我。

坳土，似一块土又不似一块土，似一个符号又似一段记忆。

坳土，我曾经在你的土上生长，也还将在你的土上继续生长。

坳土，向着东方，向着太阳，向着月亮，向着星星。坳土，向着西方，向着日落之美，向着月落之静，向着星明之晨。

暗洞

暗洞在老屋下面,是我们生产队去马家岩及三河方向的必由之路。

暗洞其实是一个人造排水沟,一个山塆的水全聚集在这里并从此排出。据说,这是人民公社时期修建的。

这排水沟被压在一块很大的土下,全由石头砌成,从外向里看,就是一个深深的洞子。洞子黑黑的,总感觉会有什么怪物从里面走出来。小时的我总这样认为,每次从这里路过,不是飞快地跑几步,就是用手遮挡着行走时靠着洞的那一只眼睛。

在童年的印象里,暗洞是一个阴森可怖的地方,也是一个神秘莫测的地方。我不敢接近,亦不敢远望,不敢想象。越想,那些恐怖的画面就会越来越近地浮现于眼前。

那时还不太懂事,记忆也不是很深,只记得我和母亲在屋里睡觉,父亲在屋外自言自语,"我把野猫追到了暗洞"。家里虽有鸡笼,八九只鸡却总是喜欢在猪圈的橡橡上过夜。父亲说,"鸡在叫唤,肯定是野猫又来拖鸡了",说着就起床拿着刀子追出去了。

爷爷奶奶家也有十几只鸡，一到晚上也不进鸡笼，总是到他们家猪圈的椽椽上站成一排。爷爷奶奶也很是担心他们的那些鸡，因为不仅有野猫，还有强盗（当地惯称小偷为强盗）。这不多不少的鸡不仅能生蛋，关键时候还能卖成钱补贴家用。他们俩没办法，就把床铺搬到了猪圈楼上。有一天晚上，爷爷听准了鸡在咯咯叫，他轻轻地挪动身体，从猪圈楼上往下看，朦胧的月光下，有一个模糊的身影。没错，他看准了，不是在做梦，是一个强盗在偷鸡。他顺手拿起早已放在床边的梭镖，用力向那强盗扔去，梭镖有点歪，没有杀到人，眨眼间，那人飞快地奔向了远方。

第二天一早，爷爷骄傲地说，那人往暗洞方向跑了。

他说起这事时，我最担心的就是，要是这梭镖杀到了那个强盗怎么办？爷爷有个习惯，梭镖总是放在床头。梭镖是他在彭水花钱买的。当年，国民党抓壮丁，爷爷被带到了四川彭水（今重庆市彭水县），后侥幸逃脱。爷爷没有文化，跟随着一个塘头区的在当地卖灯草的商人，才回到了老家，因为担心路途中遭遇意外，他花了六个花钱在当地的铁匠铺买下了这把梭镖。

这一把梭镖就像爷爷的护身符，从当年的彭水，护着他从洪渡到龚滩，经新滩到潮砥滩，回到思南塘头；护着他从一个人到结婚成家，到儿孙满堂，从恐惧到无忧无虑，到自信满满。

那一夜，那个强盗估计被这玩意儿吓出了一身冷汗。而这梭镖，似也懂得岁月的沧桑与生活的艰辛。它并不刻意要去伤害任何一个靠近它的人，而只想借助匠人制作时的咒语，驱赶那些意欲走近它的妖魔鬼怪。

此夜以后，偷鸡摸狗之事，几乎就很少发生了。

说起暗洞，奶奶总是悲伤，她说文文就是埋在那里的。文文是她的第三个儿子，也就是我的三叔，四五岁时夭折了。奶奶生有五个儿子和两个女儿。我的大伯叫长林，父亲叫乏二，三叔叫文文，四叔叫四毛，满叔叫老灾，大孃叫茂贵，满孃叫月花。就名字而言，文文是最有韵味的一个名字，而恰恰是拥有这个最有韵味的名字的三叔没有长大成人，这也让我终于理解了，为什么那时农村人取名越土越好、越贱越好。

每次从暗洞路过，我都想着里面有一个熟悉的身影，或像大伯，或像父亲，或像四叔，或像满叔。春暖花开时，这里的野樱花，这里的野百合，我都感觉到它们全身的芳香。

老屋前有一片竹林，一个人的时候，奶奶总喜欢在这里眺望，眺望暗洞的方向。我猜有很大一部分是望着文文的方向，因为她曾多次在我耳边提起，"文文就在暗洞那里"。我曾问过奶奶，三叔究竟埋在哪个具体位置，她说已经忘记了，埋他的时候只包了一铺烂席子，挖上一个小坑，堆上几堆土，就埋上了。祖上说，没有成年的孩子不能请先生，不能用棺材，不能埋早晨，不能有坟堆。那是奶奶身上的一块肉，她怎能不知道埋文文的具体位置，只是不愿去撕开那尘封的伤口罢了。

寨上鄢家有田土在暗洞下面，为了方便给庄稼施肥，他们便在暗洞旁的一个石旯旯边挖了一个粪池，闲暇时，把猪粪牛粪一挑一挑地挑来储存在这里，庄稼需要时再从这里挑出施下。

时间久了，粪池的旁边长出了野草。夜晚路过，黑乎乎的，总觉得深深的野草下似乎隐藏着什么妖魔鬼怪。

一次，寨上的三伯在这里被吓着了。三伯是个木匠，有时在其他队上做活，回家基本是晚上。那个夜晚，下着细雨，他照例走在这条再熟悉不过的小路上。走着走着，走到暗洞时，突然感觉后面有人的脚步声，等他回头，什么也没有。以为是错觉，又继续向前，可脚步声越来越大，越来越近，他又再次回头，依然什么也没有。一下子，他慌了，背着他的工具，快速地向前奔跑。后来，他们家还专门请了一个阴阳先生打整了一夜。据说，三伯再也不从这儿走夜路了。

暗洞下有一条小溪，小溪边有一条路，这条路几里无人烟。清末民初，这里被一个黄姓土匪盘踞，有钱人从这里路过，他会劫财，偶尔遇上不听话的，他还会要了人家的命；良家妇女从这里路过，他也会干出恶浊之事。民众对其深恶痛绝。最后，马家岩的一户人家中儿子结婚办酒，主人与这土匪是认的亲戚，请他坐上席。由于是在亲戚家，土匪也放松了警惕，众人你一句我一句劝他喝酒，趁他微醺后，乡亲们利用事先准备好的绳子把他捆上并打死了。死的时候，他的枪都还背在背上，而且上好了膛。

　　土匪是死了，而被他夺取钱财、性命，被他奸杀的良家妇女的阴魂，始终没有逃出这冤屈的地域，他们至死也无法相信，自己的生命会被这个或是熟悉或是陌生的恶魔，终结在这么一个无名之地。

　　这些阴魂，难免也要找人出出气。而木匠三伯，正好代替土匪成为他们撒气的对象。也还有一种可能，死去的土匪认为，木匠的荷包里肯定有货。

　　土地下放后，我们家有三丘田在暗洞那里。其实原本只有两丘，后面与寨上的杨家换了一丘，父母说，做活路近点，不费力。换的那丘田正好在暗洞的正上方，每次和父母去那里，即使白天，我都不敢再往下走，生怕大人摆谈的那些故事重现。

　　那几年，家里的粮食不够吃，父亲在换来的那丘田的旁边又开了一丘小田，大概能收一两撮谷子。可是，新开垦的小田装不住水，有时，连原来那部分田的水都从这里漏完了。

　　"才由土改成田，装不住水很正常。"父亲说。

　　一年，两年，三年过去了，这田还是装不住水。

　　"下面有一个暗洞，怎装得住水。"我对父亲说。

　　"那怕也是。"父亲笑了半天才回答。

　　后来，这田改成了土。

　　这丘田，父亲原是专门用来栽种糯谷的。糯谷产量低，再加上田漏水，种了几乎是白种，他只好带着遗憾和愧疚改变了它的用途。

改成了土，一家人就很难吃到糯米饭和糍粑了，那种黏着嘴皮的甜蜜记忆，在我的童年里，似乎就因这丘换来的田而成为一种永恒。

暗洞下小溪边还有一股龙洞水，四季不断，尤其是夏天，冰凉的水装在温瓶里，几天后都是凉的。有好几年，老屋附近的水井干断了，几家人都是去那里挑水吃。

说起那龙洞水，寨上的老人都津津乐道。原来那里有一个碾坊，大集体的时候他们都要轮流在那里照看。一到夏天，大家都争着去看碾坊，几个一起可以摆龙门阵，渴了，趴下就可以喝这龙洞水，热了，就脱光衣服在小溪里冲一冲。

土地下放后，碾坊也被大家瓜分了。你家一块柱头我家一块木板，碾坊的地盘也成了一块荒地。

暗洞，暗藏着岁月与人事。

暗洞，暗藏着我、我的父亲、我的奶奶、我的乡亲们一生也无法诉说的苦。

暗洞还在，可那些事，似乎已很遥远。

雷应山

自懂事起就听说雷应山有棵大树，雷公时不时发威了就劈下它几根枝丫，一根枝丫就可供一户人家当柴烧好几天，只可惜没有人敢弄这枝丫回家当柴烧。相传，有一人家，取一枝丫回去烧以后，大病一场，差点见了阎王。

夕阳西下时，从寨子的高处能看见那棵大树在红光下的身影。顺着落日的方向，我一次次远望着那棵大树。它淹没在晚霞下的夜里，我想象着树上的鸟巢，在星月下，在一场雨中，在风吹的早晨；我想象着鸟巢里的雏鸟，在春天，在饥饿的时刻，在期待父母返回的幸福中。

大树生长在陈家湾与堰塘沟交界的山坳上，从大树向北延伸的山丘，就是雷应山。雷应山的来历，据说就与这棵大树有关。大树正好在山坳上，且树大以后树干里面生长着虫蛇之类的生物，每遇雷电都易被雷劈。这大树总是容易响应天空之类，这山丘也被乡亲习惯称为雷应山了。

这棵大树的树干有几人合抱那么大，至于它的具体年龄，没有人能说得清楚。附近的乡亲多年来一直都视它为神树，逢年过节，都要去那里烧香烧纸，许愿还愿，祭祀拜望，磕头祈福。

　　神树就在大路边，每次路过，树前都摆满了祭品，香灰纸灰堆积起厚厚一层，低处的树枝上还到处系着红布条。偶尔，还能看见供奉着的猪头和鸡鸭三牲，看着这些，有点害怕，就只好使劲加快脚步。偶尔遇上风吹神树发出的声响，更增添了一种神秘的恐惧感。胆小的我总是想，树干里会不会走出一位老翁，或者什么菩萨之类的神灵，越想越怕，越怕又越想。

　　上了初中，有一同学家就在神树下的村庄里。那个村庄与我生活的村寨属一个大队，树林较多，而且林木茂盛。每次周末，我都喜欢与他一起从这里回家，两人摆着龙门阵，感觉时间过得很快。那是青春的友谊，我们就如同林木间的候鸟结伴而行，共同畅想着远方，畅想着村庄后的乌江，畅想着未来，畅想着那棵大树将来会以一种什么样的方式护送我们前行。偶尔，还畅想着另外一个村庄的姑娘，假如有一天能牵着她的手并使她成为自己的新娘，那我们一定会重来这棵树下，像长辈们一样向它寄托自己的希望。

　　在学校住宿，饭是用铝制的饭盒盛着在学校大食堂蒸的，有时干，有时稀，有时还洒落着一层煤灰。菜是每周从家里带来的酸酸菜，那个同学带到学校里的酸酸菜比我的好吃。最难忘的就是他的酸菌，那味道比我的酸萝卜简直不知好多少倍。私下我问他，那菌为什么好吃，他说是雷应山上神树保佑过的。我明知是编的故事，但潜意识里对那神树还是充满了一种敬畏感。每一次路过他所居住的村庄，望着那片茂密的森林，我就猜想着森林里的菌子估计又开始生长了，过不了几天，同学的妈妈会带着竹篮或背篓，又采上一篮或一篓，把其洗净，再装入土罐里密封上，一两周后，我又能吃上同学的酸菌子了。

同学叫陈开权，个子不高，话不多，数学成绩非常好。我们经常探讨数学题目，回家的路上也不放过，有时争得面红耳赤，有时乐得哈哈大笑。但他偏科，没有考上高中，据说后面也没有读书了，我们也就失去了联系。

而那菌子的味道，我却始终无法忘记。这味道就像雷应山在我心里留下的深刻印记，就像那棵大树缠绕在我心中的乡结，就像同学老屋上炊烟飘过的冬天的场景，久久不能散去。我与同学，也就如草原上失散的两只幼狮，各自游荡在未知的森林，没有再次重逢，一生都靠着回忆，在希望的前路上不断回望。

三姨婆家在雷应山下的另一个村庄，在她家院坝里也能望见那棵神树。每次去她们家，我就喜欢傻傻地坐在她们家院坝里，目不转睛地仰望着山坳的那棵神树，伟岸挺拔，神秘莫测。

树枝伸向天空，把蔚蓝的镜面抽打得支离破碎，这与乌云下的闪电撕裂出的形状一样。这些树枝就是闪电留下的影子，它带着对孩子的恐吓，带着对生命的敬畏，永远地停留在了这里，停留在了乡亲们的心中。

三姨婆家二女儿出嫁的时候，我也去了。那天，表姑哭得确实伤心。出嫁的女儿吧，要哭父母、哭亲戚、哭媒人，哭这哭那的哭个不停，第二天她就要嫁往远方了，就连我们晚辈，她也哭了一场。哭的什么内容，当时也没有听清，我和一老表一起，只有微微一笑。

第二天，我们早早起床，等着发轿，欲看表姑离家时幸福而忧伤的样子。左等右等，都没有等到发轿的鞭炮声响起。接近中午了，鞭炮声才终于响起。意外的是，从他们门前的水沟上上来了一群人，一个男的进了他们家中堂，和表姑跪了三下进了房间。

后来才知道，这次招的是上门女婿。

他们家没有儿子，事后很多年，三姨婆与奶奶说起就伤心。一次我偷听到了几句，大意是说，她自己年年祭拜雷应山那树神，自己也做香卖，每次过路上下，都会烧上几支，但这命运就是与她过不去。她还说，寨上的人家都有儿子，就自己没有，招个女婿，别人也不好欺侮。

听奶奶说，三姨婆是生了好几个儿子的，但都年幼夭折了。满叔曾给我说，他们家那房子太老了，以前死过好多人，言下之意就是屋基不行。他说他有一次在三姨婆家的楼上睡觉，睡着睡着，就感觉有几个人在身边，他一点灯，又什么都没有了，灯一灭，不一会儿，那几人又来了。那晚，他没有办法，只有起床悄悄回家了。

三姨公死的时候，四叔哭得死去活来，说怎么样对不起自己的姨叔，怎么样对不起他们这个家庭，泪诉着那些痛苦的记忆。这哭的伤心程度，别人都在猜测，是不是原来老人家有什么愿望？

听人说，三姨婆原来准备把二女儿许配给四叔，那些年，姨表亲和姑舅表亲结亲都是常有之事。话说"亲上加亲"，但也不知什么原因，这门亲事也没有结出硕果。四叔的哭，是否与此有关，我至今也没有求证。但有一点可以肯定，四叔在这次葬礼上动了真情。是什么真情？是两家人之间的生活清苦之情，是那份隐藏在内心深处的亲事之情，还是要替父母或兄弟姐妹，代表这一大家人表达至深的伤痛？

四叔已经入土，表孃还在故乡。属于一个家族的秘密也随着雷应山上的那棵大树的死去，一起化为了尘埃。

枝繁叶茂的大树，已经伴随着一代代人的青春消失在雷应山上。总有一天，雷应山也将消失在乡亲们的话语里，消失在消失的村庄之上，消失在对山珍美味的回忆之中，消失在落日的路途中，消失在友情、亲情、乡情散尽的瞬间。

后来，三姨婆也死了。她们家的老房子也拆了。

雷应山，我也少去了。

我只有看天空，盼天空。盼天空下雨，看天空闪电。闪电下，我想象着雷应山下那棵神树，如何叶满枝丫。

蚂蟥沟

蚂蟥沟在寨子西边,父亲说,张家的祠堂原本就在那里。

我们的寨子叫南香寨。我问父亲,南香寨为什么没有姓南的,而基本是张姓。他告诉我,这寨子里的人原本确实是姓南,后来被姓张的驱赶走了。张家最多的时候有八十几个火塘,后来饥荒,全部出去讨饭,一部分回来了,一部分没回来,回来的就是我们的祖先。

父亲说的这段历史,是真是假,如今也没有人去考证。但蚂蟥沟那里无数屋基的痕迹是真的,那里原本有人居住不假。父亲也不知道张家祠堂究竟在哪个位置,这些他也是听老人说的。每一次路过,我都只有猜想,祠堂就在这个位置或者就在那个位置。

关于那八十几个火塘的消失,还有另外一种说法——其中一部分祖先参加了清政府军。从小就听爷爷说,岩上的荆竹园是清朝号军起义的主战场之一。岩上离我们寨子不远,步行也就一个多小时的路程。据历史记载,清咸同年间,白号军在思南起义成功后,先于岑头盖建立了农民政权,后又攻下荆竹园,驻扎万余人。号军与清军在此进行了长达八年的厮杀,一部分祖先被召集参加了清朝政府组织的镇压号军起义行动。

不论是饥荒讨饭，还是参加清政府军，当年的祖先自此开始了骨肉上的分离。这个叫南香寨的村庄，在一部分人心里成为回不去的故乡，只能留在对子孙的叙述里，直至被彻底遗忘。而对另一部分人来说，南香寨则是还未开始回忆就永远消失的地名，怀着亲人的思念而永远沉睡在了他乡。

从寨子去村小要经过蚂蟥沟，路边有一屋基，堡坎和石阶完好无缺，吞口的位置一目了然，感觉这房子就没搬多久一样。很多次我都在想，这主人到底是谁，是姓张的还是姓南的——这遗迹，应是大的家庭才能留下——直到今天，这都是一个疑问。

有一段时间，我总是喜欢去寨里寻找那些远古的墓碑，想找一点自己的身世的源头。事实上，要从那些零散的墓碑里找出一条完整的线索，真是难上加难，但寻找祖先的心情什么也阻挡不了。

长辈们说，柿花树那里有一个坟比较久远。柿花树就在蚂蟥沟上面，那里比较阴森，几次想去都打了退堂鼓。终于等到了一次，和几个有共同爱好的叔叔伯伯一同前去探个究竟。

那坟是一座包坟，确实很气派，一看就知主人在当时一定是不富即贵的人家。坟的主体保存较为完好，一对石狮守候在坟的前面，墓碑上的文字因为风化已经看得不是很清楚，但主人姓张且是我们的祖先是无疑的。这一次，虽然对理清家族的线索仍然没有什么实质意义，但却使我们更加坚信，我们的祖先原本主要聚居在这个区域。祠堂、坟茔、屋基，都集中在这个区域。蚂蟥沟，至少是我们这个寨子的发祥地，或者说，是这个寨子上张家的发祥地。

长辈们说，可不要小看这个包坟，原本的气势更大。其实，从坟前的拜台就能够想象得出原来的恢宏气势。据说，祖上有一位叫张春和的老辈子，什么都不信，立房子的时候，砌院坝坎和院坝需要大量石头，他就把柿花树坟下的几个拜台的石板全搬回了家，当时到底是因为没有大洋还是其他原因不得而知。俗话说，"欺阳不欺阴"，就是不要欺负阴间的人。后来，人们都说他遭了报应。开始，一直没有儿子，后面抱养了一个立长，接着才生了一个。再后来，他自己的儿子到了孙辈又没了儿子。寨上人说他就是缺德事做多了。附近的人家，后来几乎都用这个例子来教育自己的子女。

土地下放后，蚂蟥沟的大部分田土分给了他抱养的那个儿子的后代。有时我想，当他的后代看着蚂蟥沟这片土地，看着被他拆散的祖坟，看着他用祖坟的石料砌成的祖屋，会是一种什么样的感受？

他儿子的儿子，后来搬离了他立的房子。他立的房子，又成了一片空地，与被他拆散的祖坟那里一样，被他的后代们种上了不同的作物。

他抱养的后代，现在已改回了自己的本姓——冉。对于这个事，他是肯定不知道了。

但愿他还有来世，回到蚂蟥沟，看看他还没有搬回家的石头。

张春和的二弟是我父亲的曾祖父，我的启祖公，族名张廷芝，乳名有生。他们的父亲张高照，又名芝兰。芝兰身材魁梧，是个武秀才。据说，他出名是因为打死过一只老虎。

那年那地方，叫老虎为九节麟。一个傍晚，一邻居急匆匆地跑到张芝兰门口，"窝坑那里有九节麟，芝兰，你去看看。"

芝兰二话没说，提着梭镖就出了家门。

按照那人说的地方，张芝兰确实看到了那只九节麟，躲在一树下。他不慌不忙，脑子里想出了几套方案，怎么刺杀，怎么逃跑。终于想好了，瞄准了，一梭镖就刺向了九节麟。然后，他立即回头飞快地跑向了蚂蟥沟，听说跑了两三公里他才回了头。

虽是受了很大的惊吓，可九节麟硬被他刺死了。张芝兰，这三个字从此名震乡里。

多年后，我又在蚂蟥沟那里发现了一座清朝古墓，墓的主人叫张天仁。张天仁，与我们现有的字辈不合，我以为这坟是另外的张家祖坟，也没怎么注意。在一次重访中，才仔细观察，看清碑文上他子孙的字辈与我们的祖上相吻合，肯定我们原本是一个大家族。

刻有"明故始祖妣张门卢老太君之墓"字样的墓碑位于寨

子中央，碑文上有九世孙张天仁的名字，与他并列的还有张天培、张天闰等。碑立于清道光二十年（1840年），与天仁一列的一些名字已无法辨认。碑文记载了七、八、九世孙的名字，分列在左右两边，按照习俗，我猜测左边是一房，右边是一房。张芝兰的爷爷张正荣的名字作为八世孙在碑的右边，张天仁的名字则在左边。

道光皇帝后是咸丰、同治。始祖卢老太君墓碑上九世孙的名字，有一部分就从此消失在了我的故土，尤其是与天仁一起并排的那些名字，我基本没有在故土发现他们的任何一点痕迹，这让我有足够的理由相信一部分祖先参加了清军的镇压活动。

原本兴旺的火塘，因为一段历史，便消失在了岁月之中。因为家谱的失落，只能从零星的石碑中去寻找一点足迹，只能从已经风化或正在风化的碑文中去复原那一段真实的生活。

蚂蟥沟倚南向北，我想象着木楼还在的样子，我想象着公鸡打鸣的早晨，我想象着炊烟升起的傍晚，我想象着满天星斗的夜空。那些已经化为泥土的祖先，他们的生活原本岁月静好，却怎么也无法躲过重大历史事件的影响，无法阻碍浩浩荡荡的历史潮流，只有追随着时代的步伐，向前，向前。

蚂蟥沟是孤独的，蚂蟥也是孤独的。蚂蟥念念不忘要寄生的我的祖先，只能在我的追溯里，像遗落在稻田里的光影，供那些蚂蟥回忆。

丰产坝

丰产坝是我们村的一个生产队,土地肥沃,水源丰沛,盛产粮食,因此而得名。

听父亲说,四叔当时考上中专入学,需要办粮食手续,但家里没粮,只好从居住于丰产坝的二姨妈家借了一些粮食为其办理,而那个时候,父母还没有结婚,还处在谈婚论嫁的阶段。

丰产坝在乌江边上,是一个天然的台地。稻田一丘连着一丘,稻香弥漫的夏天,处处都是蛙声。每到收获的秋日,满田的金黄又呈现在乌江的岸边,与落日下乌江里的粼粼波光一道,构成了这块台地上最幸福的风景。

据说,这里原来叫刀头县,至于是什么朝代的县,属于哪里管辖的县,没有一位父老乡亲能够说清。传闻说县城都准备建在这里,但因刀头这一名称不吉祥而被搁置。

丰产坝是附近好几个村寨到文家店赶场的必经之地,这里有一口水井从不干涸,热天赶场,去来的人们都要在这里喝口凉水,顺便在水井边的柏树下乘凉摆摆龙门阵。水井边的水塘里有一对天然石鱼,老人们说,以前,这石鱼害人不浅,每年春夏之交的夜晚,它们都要变成鱼精去祸害农民种植的粮食。

具体是什么日子已经没有人记得清了，当它们在石阡龙塘那里行窃的时候，被等候多日的主人砍了一刀受了重伤，自此，石鱼的背部就有了一道伤痕，再也不能行动了，只能在水塘里静静地聆听着村民和过客的品头论足。

小学时我在二姨妈家寄宿上学，石鱼的故事，就是从他们那里听到的。夜晚，大人们总给我们讲述一些传说与故事，比如盘古开天地的故事，人熊的故事，谁家迁徙的故事。这些故事就像黑夜里的另一道光，指引着我们成长。

丰产坝以陈姓为主，那里的同学几乎都姓陈。其中一个叫陈子明的，村小时我们读一班，转入镇小后又是一个年级，每天上下学都一起。每天上学的时候，彼此交流着前一天的作业；放学回家的路上，我们又交流着在学校的快乐。突然有一天，上学路上少了陈子明的身影，总感觉缺少了一点什么。那天晚上，二姨妈才说，陈子明被电打死了，是去割草的时候被落下的电线电死的。

丰产坝是生产队较早通电的寨子。其实，早在很多年前，通往区里的高压线就从这经过，电从这里路过而又无法用上，这是一件充满悖论的事。我的理解是要先保区里乡里用电，然后才轮到村寨。后来，生产队通过向上争取，从经过队上的高压线处接了一股线，就地安了一个变压器，才使全队用上了电。

"不安电还好一些。"陈子明的父母总是感叹，这我是听二姨妈说的。那是一个周末，前一天晚上下了一场大雨，子明清早起床就去割草，没想到走到一处田坎上，没注意踩上了被风吹落的电线，被人发现的时候，全身都烧黑了。

有时，我都不敢相信，一路上的孩子，走着走着就又少了一个，各种各样的缘由，是想都想不出来的。

还有一个同学三毛，是姨妈的侄儿子，我们同班。我的成绩好些，他的成绩差些。数学老师姓肖，是一个女的，她爱留学生做题，做对了才让回家。每次，三毛都在最后，有时天黑了都还没回家。回到二姨妈家里，三毛的妈总是问我，"三毛又被留了？"我笑而不答。一次，三毛又被留在了教室里，我先出来，就在教室的后门等他。眼看太阳就要落山了，肖老师都回家吃饭去了，他还一个人在教室里，我叫他跑，他说不敢。正好这时肖老师端着一碗饭回到教室看见了，问我在干什么，我说我要等他，肖老师勉强地笑了，好久，才把三毛放出了教室。此后，三毛再也没被肖老师留过了。

一次春游，我们乡下的孩子一帮，街上的孩子一帮。我们让三毛和我们一起，三毛却硬要跟街上的赵毛一起。其实一个班就是分成几个组，一组一组地做点游戏，交换点食物，农村的都是带点鸡蛋红薯之类的，街上同学带的食物品种则多一点。山坡上，我们看见了三毛在吃赵毛给他的好东西，也就是罐装的八宝粥之类的，我们就喊他"走狗"。听见这样的称呼，三毛很委屈，之后很长一段时间，他都没有和我们这一帮人说话。

三毛已有了三个儿子，他的房子向着乌江。一年十二个月，房子就空十二个月,他在外打工,几年回一次家。不知他是否还记得儿时的美好与苦难。小时他日日所望的乌江,已经高峡出平湖,在时代的浪潮中消磨了自己。

英是同学中的女生,英是她的小名。放学后,我们常在一起放牛、玩游戏,也算是童年的好玩伴了。她初中毕业后就回到了家里。没过多久,姐哥(姐夫)就来她家上门了,因为他们只有两姊妹,没有兄弟,需找一个上门女婿来照顾父母,这本是一件好事。臊皮事都没有人愿意说起,后来英怀上了她姐哥的孩子,他父亲知道的时候,说要砍下她的脑壳,实在是亲人们好心相劝,才阻止了一场灾难。据说,她怀上的孩子被用土方法打了下来,后来,她嫁给了一个死了老婆的男人。

在追逐爱情的路上,有人是痛苦的,不过,这里面,有的把痛苦变成了幸福,也有的将痛苦变成了绝望。当然也有人是幸福的,有的把幸福带到了终点,有的把幸福带向了歧途。

印象中丰产坝有一个青年去了西藏当兵,那可是全队都为之感到光荣的事,二姨妈也经常用他来教育自己的孩子,也包括在她家寄宿念书的我。西藏,那可是一个神秘的地方,在我们的意识里,作为边远山区的孩子,能够到远方都是一件了不起的事。

无事之时,我就喜欢一个人偷偷地望着乌江,那河面上的雾,那河面上的光,那河面上的木船,那河面上的竹筏,那河面上唱起的歌谣,那河面上流动的浪涛,都是我曾憧憬过的梦想。我想随着那些真实而又虚无的事物，随着大人教育我们时期望的目光，随着我一个人的冥想，随着那位兵哥哥胸前的红花，随着流传于乡间的励志故事，去更远的远方。

丰产坝有一个小地名叫老虎塘，这里没有塘，只有一排排日渐消瘦的坟茔，每次路过，心里都直打哆嗦。此外，这里还有一个天然的石香火，不知是什么时候住着一户人家，记录着家族的文字被镌刻在天然的石壁上。当时，主人肯定在这里依山建起了自己的房屋。房屋的基础还在，还能感知到他们留存在这里的生活痕迹。

是什么样的主人选择了这样一处良宅？是迫于生计还是出于其他原因？是木屋还是石屋，或者是茅屋？如果是迫于生计而选择在此建茅屋，那怎么又有钱请石匠刻石香火？或者他自己就是石匠？那匠人条件也不应很差。如果主人富有，怎么又不按传统的习俗修建木屋？

每到春夏，茂密的杂草都会遮挡住带着岁月沧桑的石香火，而到秋冬，叶落大地，石香火的面容又会显露于此。这就是时间的力量和价值，它可以覆盖所有，也可以还原所有。

冬暖夏凉，主人在石香火下。他面对着祖先，把所有的寄托融入眼前的石壁，也融入身后的乌江。他看着那些熟悉的文字，就像看着熟悉的祖先，他希望祭奠的永恒，与坚硬的石头，一并融进被后人书写的历史。

我宁愿相信这是大户人家，这是丰产坝的大户人家。这是丰收后他留给后人的一种悬念，香火下的传承，渔网下的重生，都会在时光的隧道里重演。

丰产坝，一坝的田一坝的稻香；丰产坝，一坝的故事一坝的沧桑。

丰产坝，已经沉没在思林水电站库区之下。那些难忘的记忆，却时而浮出水面，又把我带回到从前。

大高山

  大高山上那块土，是我懂事后父母才开垦出来的。那是一个冬天，母亲砍柴，父亲就挖疙蔸，不到一个月时间，一块新土就诞生了。

  那年天干了，谷子只打了几挑，苞谷也没有多少，麦子是小季，本就没种多少。年年都差粮食，一到五六月都要借起吃，这天干了，还得早点打主意。父母商量，到大高山开一块新土吧。

  大高山本是我们家的承包林，原本是一片茂密的森林。土地下放前那段时间，寨上立房子的人多，都从那里砍木料，稍微能用的料子都被砍掉了，剩下的全是些灌木丛。土地下放时，生产队队长给爷爷说，"大高山隔你们家近"，就分给爷爷了，后来，爷爷又分给了父亲。

  那块新土开垦前，我常去那里望牛。那是和长信公社的交界地，向东就是另外一个村了。界线以山脊为断，这个山脊从山顶到山沟有几公里长，沙性土质，山顶的那一段，已被雨水冲刷成了一条天然的道路。望牛时，几个村的孩子聚在这里开板板车，天黑了，才各自牵着牛回家。

那时，偷柴的人也很多。有的人名义上是来望牛，实是身上藏着刀子，见机行事，有的白天偷不成晚上来偷，所以，大高山的树木一直没有长成林。有时，明明在那里看见了几棵成长起来的松树、柏树，可过不了多久，就只剩几个树桩了。一次，我们家的几棵大杉木被偷了，父亲很气愤，这是他用心留了许久的料子。小偷也很聪明，晚上利用锯子锯的，几乎不发出任何声响。后来，父亲在白家的粪坑里发现了一截一截的杉木，对方才承认。

第二年的春天，土里种上了苞谷，没多久，苞谷秧长得又绿又壮。父母只要一来到这里，就会露出满意的笑容。那一年的苞谷确实丰收了，当年，苞谷地里又套种了红苕，那红苕又红又大，母亲说，猪儿吃了肯定肯长。

我喜欢这样的春天，它给家里带来了希望。土里的绿色一年又一年，一浪又一浪，它在高高的山上周而复始，重复着父母的辛酸与劳作。父母的汗水一颗一颗，滴入贫瘠的土里，似乎这是最昂贵的肥料。

新土开垦出来了，去那望牛的娃儿也少了。因为一不小心，牛吃了庄稼，既要赔偿又要挨骂，干脆不去算了。但我还是常去的，父母去弄柴，我跟着去，父母去干活，我也跟着去。土里有一棵桐子树，不管是去做什么，我都喜欢爬到桐子树上去玩。夏天，口渴了，还要打上几张桐子叶，去土下的水井舀几口水喝，喝了再玩。甘甜的井水就像记忆里母亲的乳汁，这大地的乳汁哺育着我的童年，哺育着我一个人在山上的孤独，哺育着一个孩子成长的渴望。

在桐子树上看远方，看远方的山峰层峦叠嶂，看西行的太阳渐落山下。父母说，太阳落山的地方就是老鹰岩，老鹰岩那边，就是凤冈和湄潭了。关于地名，那时的心里真没有什么概念，就觉得夕阳西下时，天空的云彩变幻莫测。我最喜爱的，就是那变幻莫测的天空了。

在山上，始终觉得西方才是最远的地方。因为那是日落的方向，时间行走的方向。而东方，是从睡梦里醒来的方向，是本就应该存在的地方。我会猜想，日落的地方，父母说的老鹰岩，再远一点的凤冈和湄潭，那边将是一个什么样的世界。

圆圆的落日从山口落下，像父母一样结束了一天的劳累。终于可以休息了，在休息的时刻，它还赐予很多人美梦。红红的落日是一天最好的安慰，它在大地上勾勒出一幅寂静、唯美、自由的图画，它要把这幅图画送给所有的生灵，这些生灵都是它的孩子，都是它的至爱。

后来，父母又在大高山开垦了一块新土。第二块新土在树林中间，稍大的树木，父母把其留了下来，每次跟他们去干活的时候，我都要用刀子把留下的几棵枫香树修整修整，希望它们尽快长大。每次看着自己修整的树子不断长大，心里有一种无言的喜悦，对那几棵枫香树的喜欢，甚至超过了父母种植的庄稼。

枫香树是杂木,主要用作柴火,用作木料容易开裂,一般的人家很少用其装房子,顶多也就用作木楼的板材。但枫香树的树叶很美,在秋日,红红的枫叶遍布山林,知了最后的鸣叫,就像山中的一曲哀歌,为落叶,也为自己。

有两年,父母不再开垦新土了。我就问父母,为什么不开垦新土了呢?

父母也感到奇怪,为什么会问这个问题。

一个冬天的晚上,坐在家里的火坑边,我给父母说,要是再开垦一块新土,又有好多疙蔸可烧,父母笑了。

那时,一家一个火坑,一到冬天,一家人就围在火坑边烤火,最好的原材料就是树疙蔸了。火坑里还可煨上一罐茶,烧几个红苕,耍饿了,就掏出一个红苕,那味道真香。那罐罐茶,有时不注意,水一开,溢出的水就往火坑里四处跑,发出哧哧的声响,偶尔,火石灰四溅而起,一家人赶忙往后躲。

小时认为,冬天有火,烤火有树疙蔸,便很幸福。特别是一家人在火边讲起故事,有时会觉得故事的主人公都会来到火边,听着听着,时不时还会有一种幻觉,仿佛他们在与我们对话,这些特殊的客人,让山村的夜晚变得更加幸福。有时,孩子生病了,会依偎在父母的衣兜里(方言。依偎在父母的怀里),母亲可能会捏着孩子的中拇指,用力吮吸,喝吮出血了,得意地说,"我就说是在痛筋";如果没有出血,则会遗憾地说,"这又是撞到哪门鬼了"。有时,寒风从门缝里吹进来，烟子在屋里乱转，眼泪都要流出来；烟子老是往哪方吹，一屋人就会说，肯定是坐那方的人没抱柴。

父母开荒的那两年，家里的疙蔸很多，黄荆疙蔸，枫香疙蔸，松树疙蔸，柏香疙蔸。看着满屋的疙蔸，心里就觉得很满足，同时也觉得父母很伟大。

父母开荒的日子，别人家也在开荒。开荒的面积越来越大，春雨一来，黄黄的泥土全部冲进了山沟，有时新种的庄稼也被冲掉了。那些年，每到春天，河沟里随时都有黄黄的山洪水，容纳山洪水的乌江也是黄黄的。

黄黄的山洪水，冲走了泥土，也冲走了良田，偶尔还冲走过河的孩子。有一段时间，只要一听见河沟里咆哮的水声，我就感到害怕，害怕它一步一步冲走我所生活的土地。

后来，父亲去了广东打工，母亲一个人做不过来，大高山山的那两块土就撂荒了，现在，又变成了树林。

从林到土，又从土到林，似乎是一个循环，似乎又不是。辛酸苦辣，我怎知道，父母的心。

大高山，两块土，美好的事已成昨天。

大山坪

大山坪只有一户人家,姓吴。这里的主人原本姓梁,后来死了,他的女人才与姓吴的成了亲。

姓梁的主人原本住在沟对门的马鞍山后的新庄房,现今还有他的族亲居住于此。他的儿子当兵去了安顺,后从一家国营企业退休。对于我应称呼为叔叔的退役军人,我从没有见过,只是从乡亲的叙述里想象着他的模样。我们的距离本应很近,现实却是异常遥远。有的人就是这样,本该与你擦肩而过,老死不相往来,但他与你之间,却总能找到一些渊源。我的爱人姓梁,按他的亲属说,我和他们家成了亲戚。老家姓梁的人少,我似乎也默认了这种关系,只是从没有以亲戚的名义走动过。

姓梁的主人为何离开新庄房而居住于此,是入赘还是其他原因?每一个家族都有自己的历史,在那个战乱的年代,在那个聚族而居的年代,他这种情况,的确有很多种可能,比如被抱给自己的亲戚,给别人当长工。父亲曾经说过,我已经忘却,此刻我也不想再去询问,那是别人的一段辛酸记忆,我也想把这种想象留存再留存,我需要这种想象去虚构一段历史。

我与近在咫尺的一户人家成为亲戚,而这姓梁的所有人我都未曾见过，似乎有一些滑稽，似乎也不可思议。现实如此，我并不反感，反之却很欢喜，欢喜我多了一个思念故土的理由。

大山坪附近是一坡松林，大伯家的，那时我们两家扯皮合不来，望牛都不去那里，因此从小对大山坪就有一种陌生感。

吴家老屋在大山坪正中央，记忆中，他家门前有一棵柚子树，两个大水缸，一个烂猪圈。每次经过那里，几只土狗齐上阵，总是害怕。

后来上门的吴老头是一个阴阳先生，去世得早，我也没有见过，据说当时在附近很有名气，口碑好，写得一手好字，也做得一门好手艺。他的儿子我们叫叔，那叔结婚的时候我有印象。当年去接亲的轿夫都要拼酒，听大人们说，去给他接亲的父老乡亲在他的老丈人家着实醉了一次，那里的人只有感叹，南香寨的男人喝酒真厉害。

接亲的队伍从松林上坡的时候，我躲在屋里悄悄地观察，红色的家具被那些酒醉的男人抬着上坡，欢声笑语，一点也不觉得疲惫。唢呐的声音穿过松林，穿过新郎新娘。马上就要到家了，他们的幸福生活从此就要开始了。那位娘娘从三河嫁来，两小时的时间过得也快，她跟随着接亲的队伍，带领着送亲的家眷，一步一步接近大山坪。她知道，这辈子是离不开这里了，她的下半生将从这里启航。向东，她还可以望见故乡的后山，十二山梁子。

吴家旁边是一悬崖，在我还未出生的时候，掉了一块大石头下山，后又有几块大石头逐渐外移。每次从那山下路过，总想走快点，生怕那岩石掉落下来。但一到大山坪，寨上的小孩又喜欢爬上那摇摇欲坠的巨石，在上面玩石子、打扑克，一点也不感到害怕。

一次，就我和母亲在家。母亲说，她要去大山坪一趟。我就问她有何事，她只一句话，我不能去。说完，母亲就带着一个碗和一块腊肉径直去了大山坪。

这是一个秋天的下午，在家里待得实在无聊的我，带着一种强烈的好奇心，跟着去了大山坪。路上，忐忑的心跳上跳下，怕挨骂，又怕那松树林里钻出什么怪物。我就想，母亲为什么要去大山坪，为什么又要带着碗和肉？一个个问号，从林间渗入到我的心窝，心想，是不是吴家出了什么事。

在吴家的山头上，我没有看见任何异样，院坝里和往常一样平静，只是在他家屋后的一片空地上，寨上的伯妈伯娘嫂嫂都在那里。她们在那里煮饭、炒菜，非常热闹，俨然和办酒席一样。

我不敢去找母亲，又回了家。我问小叔，大山坪那么多人在那里是做什么？小叔告诉我，说毛三爷死了。毛三爷就是我说的那叔叔，吴老头的独儿子。

很长一段时间，我都这样认为，毛三爷的确是死了。可是有一天我在大山坪的树林里又看见了他，喊他他还在答应。回家的路上一回想起之前的那些细节，毛骨悚然，是不是他又从另一个世界回来了？

回到家，我告诉母亲，她大吼了一顿。我说明明是小叔说他死的，你们还凑米凑钱凑肉安葬了他。

这时，母亲才告诉我，她上次去参加的是娘娘会。娘娘会到底是什么，母亲也说不清楚，她只知道，娘娘会时，寨上的女性们约到一起，各自带上吃的，在山上聚一餐。后来，一到秋天，我就问母亲，为什么不去大山坪参加娘娘会了呢？她说，没有人约了。

乡间亦如此，所有的相聚就是为了分别。原始的、古朴的、秘密的，有着相聚意义的风俗，最终都将走向别离。生命的更替，岁月的更替，都会将相聚的美好推向别离的回忆。祈求、盼望、祝福，最终随着年龄的增长都变为了现实，变为了可有可无的现实。

娘娘会，带着生命意义的聚会，为什么要排斥男性？一群女人聚在一起到底是为了庆祝，还是为了祭祀？秋天是万物成熟的季节，她们选择在这样的时节，暂时抛开丈夫与孩子，躲在一角，实现她们自己的秘密。

后来，我利用望牛的机会去了那草坪一次。草坪不大，一边是树林，一边是稻田。绿油油的草坪异常寂静。它还记得吗，那些参加娘娘会的娘娘们？它会怀念吗，那藏在山间的娘娘会？

每次路过这里，我的眼前都会浮现那一幕。

过了些时日，吴家似乎总是不顺，最大的悲伤是吴老头家的小女儿被拐走了，这成了他们一家人最大的痛。

不知是他们一家人自己的想法还是哪个算命先生出的主意，他们的房子挪动了，搬到了靠我们大垮的方向。或许，他们本就想要逃离那个令他们伤心的地方，看到那曾经的物，就要怀念自己的亲人；或许，他们也觉得这窝窝里太不方便了，喊个人都喊不答应。

寨上的人都说，这房子早该搬了，现在向阳得多了，原来那个烂窝窝，鬼都打死人。

或许是应了什么灵，吴叔家的两个儿子后来都考上了大学。吴家在文家店原本是旺族，吴老头的侄孙辈大多也都离开了本地，有到省属学校教书的，有到铜仁行署任领导的。吴老头在老街上也还有房产，思林水电站搬迁的时候，他在街上也分得了一块属于他的地基，并修建起了两层楼的砖房。

大山坪，已经没有了它的主人。有时真有点替它担忧，它寂寞吗，它孤独吗？

怀想起那一次热闹的娘娘会，以及那些父老乡亲的足印，可能，它还是会悲伤的。

凉桥

凉桥原本有一座桥,不知哪年哪月,这桥就被河水冲毁了。事后,这里只留下了凉桥这个地名。

桥是风雨桥,是遮风避雨的桥,是谈情说爱的桥。

这桥,我没有见过,我的父母也没有见过。只听说,桥是一个乡绅捐资修建的,四五个木匠做了一个多月,雕龙刻凤,做工精致。赶场上下的人都在这里歇凉,会会亲友,拉拉家常。实在亲戚,还会从酒壶里倒出苞谷烧,搞杯寡肚酒,然后再摇摇摆摆回家。

传说在三月三和六月六这样的节日,青年男女会相约来到这里对歌约会。当天,他们会穿上最靓丽的衣服,戴上最显眼的头饰,唱起最动人的歌,跳起最欢快的舞。他们要在这里寻找人生的另一半,寻找属于自己的爱情。

那时,夏季的夜晚,附近的男人也会来这里相聚。火辣辣的下午,先是在河沟里洗个农民澡,然后就在那里神侃。闲暇的妇女也不会错过,张家长李家短的事在这里汇合,一寨的事两寨的事都会从这里传开。

凉桥被毁以后,这样的场景就永远消失了。据说也有人提议重建，但也都不了了之。修桥本是行善之事，为什么就没有人愿意重建了呢？

独木桥倒是有一座，桥头还有几个指路碑，是那些还愿的人搭建和立下的。话说某家小孩生病或有什么不顺之事，找一算命先生算算，先生会根据自己的掐算，依据小孩不吉利的程度开出"方子"，比如搭桥，比如立碑。

我走在独木桥上，心惊胆战，特别是洪水较大的时候，很担心会掉落下去。但一想着此刻行走在用别人命中苦难搭建的命运之桥上，我又释然了。未曾见过的孩子，想必他们已经逃离了病魔的缠绕，已经逃离了各种不祥征兆之下的预言。他们把自己的灵魂寄托给了江河，寄托给了路过的善者，江河会指引他们向着未来，善者会原谅生命中的原罪。

指路碑排成一列，这也要选择方位吗？为什么全聚在这里？向东指向川岩坝、老店子，向北指向三河、柏杨、过天，向西指向文家店、临江，向南指向瓮溪、上坝。这些方位与地名只是相对，只是大概。主人多么希望那些牛鬼蛇神从这里出发，流浪到四面八方；他们也希望从这里路过的各路神仙及时斩除掉汇集于此的妖魔鬼怪。

这是一种信仰，祖先留下的信仰。这是一种文化，流淌在血液里的文化。这是一种规矩，敬畏自然的规矩。

凉桥在马家岩下。马家岩不是一个村，也不是一个组，而是一个广义的地名。老屋东面是一巨大的山脉，山脉中间有一巨石形如马，当地百姓就称那山为马家岩，而我们也把那山下的村庄统称为马家岩。相传那匹马曾经神游各地，后面因修建三星水库沟渠而折断了马脚，再也无法远游了。

马家岩以吴姓为主，吴家的家族越来越大，一个分支搬来了这里。

老当是这个分支的后代之一，他家有三弟兄，大哥当兵随国民党去了台湾，二哥在老家，他是老幺。不知是什么原因，老当一直没有说到妇人。论伙子，他个头形象也不错；论家庭，父母早就给他立了一栋五柱四瓜的木房；论经济，他大哥当年从台湾回来给了俩弟兄一些钱，20世纪80年代，钱还是值钱的。

他大哥回大陆探亲后，他二哥家的男孩子衣服鞋子都换了一个样，还在念初中的孩子，就带上我们寨子上的一个女孩私奔了。可想而知，当时，从台湾来的钱还是具有一点吸引力的。

可老当却没有把这笔钱用好。估计有了点钱，更有资本炫耀，走南闯北，晃来晃去，那一段时间，附近的乡亲都不知他究竟去了哪里。原来，他在社会上学了一些所谓的"招魂术"，还有耍蛇变蛇之类的，乌七八糟什么都做。别人家的孩子病了，他去"招魂安顿"；别人家什么不顺了，他去"打个招呼"。那一段日子，他的生活似乎丰富多彩，幸福充实。

老当的房子就在凉桥的上方。每次从凉桥仰望他的房子，我都会回想起他的笑容。我在老家结婚的当日，他也从远处赶了回来，乡里乡亲，山朝水朝不如人朝，一家人也不在乎他送礼与否，反而与其拉起了家常，谈他的生活，谈他的过去，谈他的手艺。

其实，老当也常回凉桥，但他就是不回自己的房子，也不管自己的房子。我也纳闷，他为什么不愿回到自己的那个家，究竟是有什么伤心事触痛了他的内心？是因那个早年离他而去的女人，还是因为已经看透了此生？是对父母兄弟有什么成见，还是真的已经懒得不愿重生？原因肯定是有的，只是他不愿告诉，不想告诉，他要把世人对他的猜疑带进自己构造的手艺世界，带到自己随时随地随意立足的无名山水。

乡亲路过，都会感叹，老当房子的瓦片掉了，老当房子的檩子断了，老当房子的板壁倒了。在农村，有的人奋斗一辈子也很难立一栋房子。而他，从一开始就有了一栋，按理，这应是幸福的起点。"授人以鱼不如授人以渔"，他的父亲应该知道这个道理，如果他的父亲还在，看着这空空的房屋，可能会后悔。

日晒雨淋，他的房子终于倒塌了。倒塌后，他的二哥让人给他带信让他回来看看。没过几天，他回来了，看着他的房子，说了一句，"我老了，我一个人，我什么都不管了"，然后，又去了远方。

后来，老当住进了政府的养老院，直至死去。

凉桥是一座桥，是一座被河水冲毁了的桥，更是一座被时代和岁月冲毁了的桥。凉桥是一座桥,是父老乡亲过河的桥,更是那些苦难的孩子过河的桥。

凉桥是一座桥,是信仰的桥,更是生命的桥。凉桥是一座桥,是过去的桥,更是未来的桥。

桥是远去了,可是与桥有关的事还在,就像那桥下的鹅卵石,虽然千万遍地翻滚,却很难逃离。

马鞍山

马鞍山在老屋对面，高高的大山因形似马鞍而得名。

老屋坐南朝北，晴朗的夜空，北斗七星就会悬挂在马鞍山的上方，父亲用手指着远方，说那就是北极星。

无数个夜晚，童年的我在星星与月亮的故事中长大。

小叔的柴林在马鞍山下，老屋与马鞍山之间隔一条河沟，喊得答应，但走路却要近半小时。当年，偷柴的人多，有时，明明听见柴林里有人砍柴的声音，可等你到时，人已经走了。

老屋的院坝原有一片竹林，我们常在里面嬉戏玩耍，而小叔则喜欢躲在这里看他的柴林。只要一听见对门的砍柴声，他就立马从家头出发，直奔偷柴处。有好几次他都把别人追得没有人样，一次甚至追了几里路，几年下来，斧头和刀子没收了不少。

承包林的产权虽然是集体的，但里面的树木相当于是私人的。小叔对那片森林的保护是不遗余力的，他知道，这片树林就是他的未来，就是他的来生，他要让这些小树赶快成长，成长后可以做房子的柱头，做房子的板子，那些杂木，则是平时煮饭需要的柴火。他还知道，留得青山在，不怕没柴烧，他用这片青山，可以找到自己的媳妇，找到自己的爱情。

小叔的柴林里有很多杨树，而且都是很大的杨树。那棵最大的杨树，树干有两三个人围起来那么大，爷爷把这片山林分给小叔时就说，这是留给奶奶做棺木用的，任何人都不能动。因而那棵最大的杨树一直陪伴着奶奶。这里还有一个插曲，这棵杨树被砍回家的时候，一直摆在老屋外面，一个夜晚，其中的一截被小偷偷走了，奶奶第二天起来知道这事后，骂是肯定的，但她也觉得幸运，最大的那一截估计是因为太重而没有被偷走。如果小偷知道这是做棺木用的，估计从心理上，他应该不会这么做。但能卖成钱，或者自己有用处，那小偷或许也没想太多。

马鞍山的坡度虽大，但旁边还是开垦了许多荒地，春种苞谷，秋种小麦。灯笼家的那块地靠河沟，坡度稍小一点，庄稼长势相对好一些。大多时日，都能看见灯笼与他的老婆在那里干活，有时累了，就坐在地里的石头上休息。灯笼在石头上休息的时候，最爱把衣服脱下来捉虱子。只要一看见灯笼脱衣服，小叔就说，灯笼又在捉虱子了。

春天，马鞍山的茅草长得特别好，我们家的牛又最爱吃那茅草，每天早晨，父亲都是很早起床，去马鞍山给牛割茅草。春天，田土都种上了庄稼，再加上农忙季节，牛都被关在圈里。看着背篼里满满的青青的茅草，尽管父亲还在老远处，牛在圈里就摇起了尾巴。

寨上有个同宗的二叔，考上了大学，家里穷没钱，就靠卖树挣钱攒学费。他们家在马鞍山的柴林里，据说原本有很多大树，但大学一读完，这些大树也卖完了。

一次，向他们家买树的人要解成板子，就在寨上喊了些人，父亲也参加了。那天中午，我去给父亲送饭。饭是母亲炒的，放了一点肉，还有鸡蛋，尽管用袋子装着，但香味还是不断溢出来。我带着平生以来感觉最香的一碗饭，行走在马鞍山的丛林里，我跑啊跑，总是想用最快的速度抵达父亲解板的地方，生怕母亲精心烹制的香味在我还未抵达时就已散尽。

父亲吃得很快，散发在林间的香味是一个因素，此外他还要尽快干活。吃好的碗干干净净，像洗过了一样。我又行走在回家的路上，一个人，穿过熟悉的小道，寻找着之前遗落的饭香，像蚂蚁寻路一样，一心只想尽快回家，告诉母亲，我的任务已经完成。

山里没电，当然不可能用电锯，把大树解成板子只能用人工的办法。在坡上解板，先用废弃的木料搭两个大的木马，用开山削掉大树的皮，再用墨线分成需要的大小，然后把弹好墨线的树干用抓钉固定在木马上，两人就可开工了。解板的两人要讲配合，配合得来的，你一扯我一拉，两人都轻松而不费力；配合不来的，两人都费力，有时还会坏掉锯子。

山间，解板的声音异常清脆，那是长锯与大树碰撞的力量，那是汉子对大树的不舍之情。看着随着锯子拖动而洒落的锯木面，像雪一般降落，慢慢地，地上铺满了一层层白色的细物。

我喜欢这声音，那是祖先传承的技艺，这解下的板，可以装房子，可以打嫁妆，可以当楼板，可以在匠人的手艺下生出万物。我喜欢这声音，让山间多了几许生机，让这少有人间烟火的森林多了一份跃动。我喜欢这声音，它发自父亲的双手，发自乡亲的双手，发自一棵棵原生的树木。

马鞍山下还有一片松树林，也是我们放牛常去的地方。那几年，流行找兰草，刚开始的时候，那松树林里的兰草随处可见，不一会儿，就可采上一背篼。寨上找兰草是月母子最先开始的，论辈分我们喊他叔，但由于他年龄大不了我们多少，大家也就当平班子（方言。平辈）一样。那时，我们经常一起望牛，望牛时，他就给我们说这兰草能管好多好多钱，以至于他放牛时都经常背着背篼。

月母子没有因为兰草发财，结婚后因为生活不顺而吃药死了。死后，他母亲把他找的那些兰草全部栽在了他的坟堂周围。他的女儿那时还小，悄悄地跑去那些兰草周围，她以为，父亲是躲藏在里面的，并没有离她而去。春天，她闻着兰草的花香，喊妈妈，而妈妈已经改嫁了。

马鞍山的山顶还有个小地名，叫曹家坟。对那里，我总是充满一种恐惧，特别是要下大雨的时候，乌云就像在马鞍山山顶不远处，闪电的电光从山顶直插而下，雷声轰隆隆的，有时我会被吓得情不自禁打几个冷战。

山顶我只去过一次，去看父亲砍树。那年，我们家在那里买了一棵大枫香树。树大不好弄回家，父亲就请人帮忙锯成一截一截，先从山顶滚下坡，再请人从坡底抬回家。后来，那棵枫香树解成板后，变为了我们家的第一铺楼板。

　　马鞍山，这是一个很普通的地名，很多地方都以这样一个名字命名当地的山峰。我却独爱故乡的马鞍山，从小它就在家的对面，照看着我，保护着我，保护着父母，保护着爷爷奶奶，以及一大家子人。每日，我都能在院坝里仰望它，仰望着它上面的星河，那最美的银河曾让我无限幻想，天空中的事多奇妙。

　　我对着马鞍山喊，喊什么，它就回答什么。

石盆坳

　　石盆坳在猪场小学对面，猪场小学是我们村小，我曾在那里上小学二年级。小学后面是一条堰沟，管着石盆坳和董家湾的农田用水。上学时，我们常沿着堰沟玩耍，一直到石盆坳。

　　石盆坳那里有一位杨老汉，靠烧石灰为生。那时，农村水泥少，平院坝、粉墙壁、修砖房，都要用石灰。印象中，杨老汉的窑子没有停过，几乎场场都有人去那里挑石灰。

　　石灰是用石灰岩烧的，石盆坳紧邻乌江，满山都是石灰石。杨老汉就地取材，在他家旁边砌了一个石灰窑，窑子呈锅状，用硬石层层垒筑而成。

　　烧石灰的工艺不是很复杂，先到山上开挖石灰石原石，再用锤子击碎，一块一块、一层一层和煤交叉堆放在窑子里，然后再从窑子的洞门点火，烧上几天，一窑石灰就烧好了。

　　在学校就能看见那石灰窑，每天中午没课的时候，我们就在学校的操场里看石灰窑上的风景。煤燃烧后的烟子飘浮在天空，与头顶白云的颜色一样，那是杨老汉最喜欢的颜色，最幸福的象征。偶尔他也会捋一捋自己的白胡子、白头发，他把生命的白与生活的白融为一体，用手一抹，一甩，挥一挥手，烦恼挥之即去，把忧愁挥向云彩，把石灰的白抹向胡子，把胡子的白抹向心中。

石灰遇水即化，窑子里的石灰冷却之后，还得及时转运到能储存的地方。那时，杨老汉房子四周和屋里都堆满了石灰，这是他的财富，也是他最心爱的产品，哪一批产品好，他会精挑细选放在最安全的地方。一块一块的石灰，有的还带着原石的形状，这类可以卖出好价；有的因为天气潮湿或遇水，已经变成石灰粉，这就要便宜点。

那时，最羡慕富裕人家的院坝整成了三合土，对于小孩子来说，在三合土上打陀螺，肯转多了；在三合土上丢沙包，也舒服多了；在三合土上"打羊转"，也跑得快多了。我们家只有堂屋是三合土，印象最深的是，三合土的正中间，父亲用破碎的碗片贴在上面，组成了一个五角星的图形，还标明了一个时间，一九八五年。

石灰在当时也是一个家庭财富的象征。农村的木房装修，有时板子不够，就用竹子装修，先把竹子划成几根大篾条，左右相对固定在柱子上，然后再用小篾条一条一条地编织上去，一堵竹墙就形成了。竹墙透风，有钱的人家就用石灰粉刷一遍，屋里暖和，屋外看起来又漂亮。有的人家在堂屋的香火上面还特意这样做，因为还可在上面写上富有意义的大字，有的写着福禄寿，有的写着什么堂等等自家的家世之类。

据说，杨老汉家烧石灰有几辈人的历史，祖祖辈辈靠其维生。以前，他们家的石灰主要是依托乌江的商船而外卖出去。

多年后，我在乌江下游见习过一段时间，做考古工作，主要是从事古墓挖掘，那里有汉代墓葬，也有明清墓葬。汉代墓葬要奢华得多，其顶部结构以石券为多，而明清墓葬呢，相对简单一些，其结构大多是用石板或石块制成的方形盒子，人死后，把棺材放在里面，再用石板把前面封上。明清时期，人们大多是生前自己把墓修好，死后直接让后人把棺材放进去，人们也把这样的坟叫生基坟。带队的老师说，生基坟的黏合剂主要是石灰，石灰和糯米制成的黏合剂黏性强、密封效果好，所以在明清的墓葬中发掘出来的尸体大多保存非常完好，那就是黏合剂的特殊功能。

当时我就在想，自己参与清理的那些明清坟墓是否运用了石盆坳的石灰。或许是有的，那时的运输主要靠水路，石盆坳下的乌江又是当时的黄金水道，那里的董家湾曾是一个知名的渡口。

董家湾，水流平稳，是一个天然良渡。高中三年，我都是从这里坐船到思南县城。从家里到董家湾，要走一个多小时，经常是天还没亮，就从家里出发赶船。有时，还在石盆坳那里，就听到了班船的喇叭声，我的心里就一阵急，心想，赶不上船了，送我的母亲总是说，还没有，还没有，船还在文家店。其实，她的心里也着急，万一班船真的走了呢？人多的时候，班船有两趟，赶不上早的那趟，还能赶上晚的。

有一次放学，从董家湾下船回家，看见杨老汉坐在院坝里，手握一根长烟杆，不停地吸，不停地吐。吸的时候他似乎尽了全身力气，本就瘦弱的脸上两边只剩下了骨头，看他那模样，很老辣熟练的样子，应是吸进了一生的苍凉；吐出的烟雾一圈一圈，萦绕着他花白的头发。

买石灰的人越来越少了。

苍老，憔悴，无奈，是他此刻的状态，也是他此生的状态。

憧憬被岁月斩断，他没有预料到时代变化得这么快。他本想把这门手艺传授给儿子、给孙子，依托祖辈世代生活的这座山，这座满是石灰石的山，过着衣食无忧、相对舒适安逸的生活。而一切都变了，还变得这么突然，当他不再听到乌江上熟悉的鸣笛声，他知道从这里路过的人越来越少了，当然，买石灰的人确实也越来越少了。

杨老汉是堂哥老坤的外公，堂哥说，他外公临死前哭了，哭他的最后一窑石灰还没有卖完，很是伤心，总觉得对不起祖先传给自己的手艺。

世事难料，杨老汉抵挡不住岁月蹉跎，还是带着对石灰的深爱离开了这个世界。选墓地的时候，杨老汉的儿子说，就把他埋在石灰窑附近吧，那是他一生的记忆。他还能嗅着石灰石的味道，熟悉而不能忘怀的味道。

石灰窑，是我对石盆坳最深刻的记忆。

杨老汉的窑子已被杂草占领，窑子上的每一块石头，都残留着他的手印，他还在不远的上方，深情地凝望。

他还没有离开，他也永远不会离开。残留的石灰，残留的香味，与盛开的山花，如刺梨花、金樱子花等等，让他的期待永恒。

思林水电站的修建，已让乌江水靠近了石盆坳。石盆坳还在，而那坳下的世界，永远沉没在了水底。我们上船的山路，我们下船的渡口，那有着美丽名字的同学，那同学隐藏在木楼里的笑声，都成了回忆。

乌江与石盆坳的距离，看似近了，其实是远了。

辑二

我在我家

布鞋

那时，一到过年，就想换一套新衣、新裤，还有一双布鞋。尤其是布鞋，因为缝制一双新鞋花费的时间有点儿长，所以显得格外珍贵，心里就更加期盼。

对农村妇女而言，缝制布鞋是一门必修课，还未结婚的时候，就得学习。因为结婚时，她们得亲手给双方的父母及自己的男人缝制布鞋，如果条件允许，还得给其他的一些实在亲戚缝制。

布鞋的缝制，程序可不少。首先要剪鞋样，鞋样就是根据每个人脚的尺码大小来剪，原材料一般是竹子的笋壳。脱落的笋壳背面有很多小黑毛，先要刷干净，再用剪刀剪成鞋样。鞋样完成后，再根据其制作鞋底。制作之前鞋底，要用一些废弃的布料制成厚厚的布壳。鞋样对上布壳，在根据鞋样剪下来的布壳的基础上，再用麦面制成的糨糊做黏料，一层一层地贴上布料而制成鞋底。

为了节约布料，一般中间都是贴上小块小块的，上下贴整块。母亲制作鞋底用的布料就是孝帕孝衣。农村老年人死了，作为晚辈的直系旁系亲属，主人家都要为其发放孝帕孝衣，那时孝帕孝衣的布料以白色棉布为主，是制作鞋底的上等材料。再说，孝帕孝衣是死人穿的东西，平时又派不上用场，所以用其制作鞋底再正常不过了。

鞋底一层一层地粘好晾干后，再用麻绳一针一针地缝制，农村称"纳鞋底"或者"打鞋底"。有一首童谣这样唱道：

大月亮，小月亮，哥哥起来学木匠；
嫂嫂起来打鞋底，婆婆起来舂糯米。

在农村，秋收以后，农活就会少很多，大多数农村妇女和姑娘就会选择在这个时间段缝制布鞋。纳制一双鞋底，特别耗费时间，快一点也需要好几个晚上。

童年的冬天，火坑里经常烧着一堆柴火，微弱的煤油灯光下，母亲坐在旁边，一手拿住鞋底，一手拿着穿好麻绳的针，一针针地在鞋底上穿来穿去。有时穿不动，就用戴在手指上的顶针用力助推，一下就穿过去了。有时，麻绳也不好穿了，就用蜂蜡，把麻绳打一遍蜡，一穿即过。

鞋底的好坏与麻绳搓制的质量有着直接的关系。麻绳是用麻一束一束地手工搓制成的，有的人搓制得比较均匀，有的比较粗糙。谈起搓麻绳，那时嘎婆（外婆）一到我们家，一般都会带上一大包麻，闲来无事，就把脚上的裤子一卷，搓起了麻绳。

鞋底完成后,把制好的鞋面一针一针地缝上去就算完成了。当然,男女布鞋的鞋面是有区别的。男式布鞋一般在鞋口上插两块松紧布,称松紧布鞋,方便脚穿进去,穿进去后又能收拢,不至于太松。女式布鞋一般采用纽扣式,在鞋口的一边缝制一条布带,在另一边缝上扣子,有的还在鞋身上绣上一点花卉图案,称绣花布鞋。

那时走亲戚,住宿在亲戚家,晚上洗脚之时,主人都会把家里珍藏的几双布鞋给客人拿来,供客人洗后使用。有时走亲戚家,一双新鞋穿在脚上,虽然只有一个夜晚,但心情格外愉悦。

小学升入初中,母亲特意为我缝制了一双布鞋,这双布鞋穿了近两年。穿了又洗,洗了又穿。最后鞋底洗穿一个眼了也还在穿,舍不得扔掉,扔了,都还想再捡起来穿一遍。

布鞋,夏天穿起来透气,冬天穿起来暖和。可是,布鞋不宜下雨天穿,鞋底容易坏。但有时没办法,下雨天也还得穿上布鞋,因为没有钱买其他的鞋子,只有自家缝制的布鞋成本最低。

出嫁

男大当婚,女大当嫁。

女娃到了十八九岁,都会定亲成家。婚期确定后,女方家就要提前准备嫁妆,衣柜、碗柜、桌子、棉絮、床单、衣物等,生活用品基本要准备一套。再穷的人家,大小桌子、柜子、板凳、脸架、火盆、棉絮都是必需的,条件好一点,备的物品数量肯定会多一点,其他的家具也会多一点。

那时,置办嫁妆,柜子都是请当地的木匠来打,所以育有女儿的家庭,都会提前备上必要的木材,或在自家的承包林砍伐,或在其他地方购买。棉絮也是请弹花匠手工制作,棉花有自己种植的,也有在市场上购买的。小时,遇见弹花匠弹棉絮,觉得那太神秘了。一般人家都在堂屋里,在高板凳上铺上干净整齐的木板,把棉花平铺于上,弹花匠就背着他的长弓,手拿着特制的大木棒槌,规律地敲打着弓上弦,随着"嘣嘣"的声音,棉花慢慢地就变细了,然后再经过纺线等程序,一床床棉絮就弹好了。

那时,学打嫁妆的木匠,要下一番苦功。因为很多小物品,是需要一双巧手的,比如,茶盆、洗脸架以及一些特殊的柜子,况且这些家具，有的主人还要求用车工和雕工。木匠也讲究师承关系，一般是一个师傅带着几个徒弟组成一班人员，有的徒弟出师了就另立门户，也有的一辈子跟着师傅。一班人有的擅长做车工，有的擅长雕工。有的大户人家给女儿置办家具，一班木匠要做两三个月。

婚期的前几天——一般是前三天，当然也要选择吉日——即将出嫁的女儿就要举行开声仪式。开声一般由女娃的嫂嫂或家族中有威望的女性为其修眉梳头，并开始唱哭嫁歌，从她的父母、家世、姐妹等开始哭起数落。唱哭嫁歌时，女娃则用一张方帕蒙着脸，数落着情感数落着往事，哭完后，又把方帕放在自己衣服的荷包里，当然，脸上一般都没有眼泪。

开声后，女娃一般就不再出门了，在自己的房间里由几个好姐妹或嫂嫂婶婶陪伴着。来到家里的亲朋好友，她都要为他们哭一次。有时，她可能不知道来的是谁，帮忙的亲朋好友就会告诉她谁来了，她马上又从包里掏出方帕，数落着一份情谊。这时，帮忙的人又会告诉被哭的人，谁在哭你了，快来。被哭的人一般都会把之前备上的一点小小礼品赠送给她，有的女性，则会从自己的兜里拿出一张早已准备好的方帕，相互哭诉。

我们寨上，杂姓不多。一次，一位周姓的孃孃出嫁，清早，我就随父母去了她家。刚走到门口不久，一叔叔就来喊我，说"孃孃在哭你了"。哭我？我当时就一蒙，但也得赶紧跑到孃孃的房间去。孃孃正在哭诉着什么，我没有听清楚，但是，那种乡情却一直铭记于我的内心。被哭的人一般都要回赠一点礼物,这样的乡风我还是知道的,但我怎么也不会想到她要哭我,一是我们不同姓,二是我为晚辈。左想右想,我把包里仅有的五角钱送给了孃孃。

女娃哭嫁的内容,有的是从嫂嫂姐姐们那里学来的,聪明的姑娘有时信口就来,想到什么就哭什么。哭父母的一般为养育之恩,哭兄弟姐妹的一般为难分难舍之情。哭媒人的一般有俏皮之意:

韭菜开花一二苔,背时的媒人天天来。
蚕豆开花绿茵茵,背时的媒人嚼舌根。
豌豆开花荚对荚,背时的媒人想鞋袜。
毛栗开花球对球,背时的媒人想猪头。
你做媒人想喝酒,山上的猴子骗得走。
说动我的爹和娘,媒人死后变马牛羊……

那时,农村结婚,婚期的选择非常讲究,要把两个人的生辰八字拿来进行推算,看什么日子最适合。婚期一般都会选择农历的双日,女娃在这天早上正式出嫁,在男方家举行正式的婚礼。女方家的"花阳酒"则是在出嫁的前一天正式举行,这一天,男方家要来过礼,亲朋好友要前来祝贺。

出嫁的早上,女娃从房门走到堂屋,哭别祖宗,辞别祖先,然后手拿一把筷子背对香盒往后甩去,在胞兄和其他亲朋好友的搀扶下走出大门,开启她的另一段人生。

看电影

文家店电影院在区公所下面，一到赶场天，我们就跑去那里东看看西瞧瞧，看到底有什么好看的电影。其实，也就是看看片名而已，似乎看了片名就像看到了电影一样，因为那时身上没有一分钱。

第一次在电影院里看电影，是小叔带我去的，只记得那是一个赶场天的下午，什么片名什么内容早已无法记清。后来，到文家店念书以后，学校组织去看了几次，印象比较深的有《焦裕禄》《烈火金刚》《大决战》等，特别是《烈火金刚》中的主角肖飞给我们留下了深刻的印象，那时，他简直就是我们心目中的偶像。学校隔电影院有一段距离，每次学校组织看电影，都是先集合，然后从低年级到高年级，一班一班，两个一排，整队前往。行走在路上的心情，简直无法用语言表达，脑海里呈现的就是一幅幅幻想的电影场面。

放电影的伯伯姓张，他有个儿子与我同班。那时我的成绩还勉强可以，有一次，即将要考试的时候，张伯的儿子找我商量，说考试时我把答案给他抄，他就带我到电影院去看一场电影。那时，我有些犹豫，考试作弊是要被惩罚的，回家怎么向父母交差？可想到得看一场电影，最终我还是铤而走险，在考试时给他看了我的卷子答案。

期末考试完了，过了几天就领成绩单，学校一般都将日子定在赶场天，因为对农村的孩子来说相对方便。拿到成绩单的时候，我特别高兴，期末考试我第一，他第三。当时，他跟我说，走，去看电影。我什么也不顾，就与他，还有我们寨上的海波哥哥，我们几乎是快步到达了电影院。电影一般下午两三点开始放映，因为农村赶场的人要吃了早饭才上街。

到达电影院门前，只见人来人往，卖票的小窗口忙得不亦乐乎，卖票的阿姨不停叫喊："好片子啊好片子，马上开映了。"同学给我说："等哈等哈，我去给父亲说哈人情。"等了好久，他终于出来了，但是他却说，今天不行，让我下场再来。我极度失望，海波哥哥看着我，也是一副无奈的表情。最后，他给我买了一张票，票价是五角还是一块五已经记得不是很准确了。

赶场天之外，电影院就是区公所的大会堂。一天，我们几个同学放学回家，说往区公所走，经另一条路回家。可走到电影院门前，吓呆了，全是花圈，小学生嘛，胆子是有一点小。第二天听说，是区长因公殉职了，遗体停放在里面，等几天还要在这里开追悼会。那不是放电影的地方吗，却拿来停放区长的遗体，幼时的我们无法理解。自那以后，去那里看电影就有一种心惊胆战的感觉。

电影里的人与事、是与非，其实我们并不能理解，那年月，只觉得很新鲜。那时，区里有时也会送电影到公社或者村里，或者选择在召开某项会议的那天晚上，或者选择在一些特殊的时日。一旦遇上这样的好事，我们小孩都要跟随大人前往，或打着灯笼火把，或乘着皎洁月光，说说笑笑。一次，听说区里要到村小学放电影，我们早早就把晚饭吃了，在家里守着大人，看他们何时出发。等我们到达村小学的时候，操场里挤满了人，我怎么也不能看见银幕，实在没有办法，只有骑在父亲的肩上看了两个小时。

此外，家庭富裕一点的人家，有的在举办酒席的当天晚上，也会开钱请人来放一场电影。桐麻湾属于三七村，一次，听说那里有人家要放电影，那人家我们根本不熟悉，可我们寨上一帮人又在邀约。虽然年纪很小，可那时我还是觉得不好意思，觉得从这个村到那个村没有面子，但最终我们还是去了。那天放的是《地道战》，我的印象很深刻，因为从一放映开始，天空就洒落着麻麻细雨，回到家时，全身都已湿透。

在农村，电影似乎已经成为历史。可对于我们那一个年代出生的孩子，至少对于我来说，与电影的情感却正在随着时间的推移而越来越深，去看电影的那些经历也似乎正在随着情感的加深而在脑海里引起无穷的回味。

立房子

建房，寨上都叫立房子。那时，房子都全用木料，或七柱六瓜，或五柱四瓜，或三柱二瓜不等，但以五柱四瓜为普遍。

立房子，是一户人家的头等大事。条件好的，儿子还没结婚就每人都立了一栋房子；条件差的，几个儿子结婚了还挤在一栋房子里。

爷爷有四个儿子，我的父亲排第二。爷爷在世时常说，我的那房子要是不烧，他们现在就没这么苦了。他们就是父亲几弟兄。爷爷的房子被烧，父亲也经常说起，那是1972年，他还在念小学，只记得当时哭得很伤心，家里所有的东西都被烧得一干二净。

地楼天楼，全部柏木树料，重要的是，还有准备立一栋房子的所有木料都被烧了。一场大火，损失了两栋房子。那时，还是大集体，新立一栋房子，木料还需村里审批。审批没有问题，问题是这一烧一立，相当于损失了三栋房子。

爷爷的新房子还在老家，直至现在也还没有地楼。关于那老房子，我时常问，以前究竟是什么样子，可惜，没有谁能回答我。但爷爷的话我现在终于理解了，如果那老房子不烧，他的几个儿子就没有那么辛苦了，至少在立房子这件大事上就不用操心那么多。

大伯的房子是自己立的，我们家的房子也是父亲自己立的，四叔在外上学有了工作没在老家立房子，小叔立房子的事我的记忆则比较深刻。

父亲常说，屋基是他和母亲一锄一锄挖出来的，木料是他们一根一根从山上抬回来的，好不容易才有了一个空架架。小的时候，我们家只装了一间房屋，那就是父母的卧室，弟弟妹妹都是在那里出生的，从小，我们就在那房间里玩耍睡觉。其余，不是用木板拦着，就是用竹子拦着。一到冬天，一家人围在火坑边，时而从竹木缝隙里钻来一阵冷风，火焰被吹得声声响，每当这样的情况下，母亲总是说，火在笑，要来客。

我五六岁的时候，在灶屋的进门处又装了一堵板壁，依我现在的猜测，父母主要是为了上锁。闲着没事，我就用刀在这门槛上削陀螺，不久，门槛就变成了月牙形。

一次，父亲在对面吴家的大山上买了一棵大枫香树，说枫香用来做楼板很好。砍树的早晨，我和父亲下一坡，又上一坡，终于见到了那棵枫香。父亲们忙了好大一早上，然后又用锯子锯成一截一截，圆圆的木头从山顶一滑而下，听见那轰轰的声音，我真是笑得合不拢嘴。

三十年过去了，父亲还在为他的房子修修补补，那份情感，没有人能完全理解。

小叔立房子时，我已经上初中了。立房子，最重要的就是上梁了。梁一般都是用较好较大的木料，讲究的人家，在砍伐的时候都要烧香烧纸放火炮。上梁当然是要选择吉日吉时了。上梁的时候，木匠师傅会借用一只公鸡，举行一些传统的仪式，并口念一些祝福的话语，俗语称为说福事。小叔立房子，是大伯给他主持上的梁。梁上系着红布，大伯一手提着公鸡，一手拿着开山，手指把鸡冠一扯，从梁头到梁尾，滴上三处鸡冠血，并沾上几根随手扯的鸡毛，口念着："一点点梁头，世代儿孙做公侯；二点点梁腰，世代儿孙做高官；三点点梁尾，世代儿孙高中举。福事一毕，上梁大吉。"随着大伯的福事一完，一边两个木匠分别扛着梁头和梁尾沿着事先捆好的木梯逐级而上，梁的梁头还系着特意搓的绳子，一边十几个人帮忙扯着使力。

上梁结束了，一般隔个一天，有的也是当日，要举办酒席。农村的酒席，无论什么酒席，一般都要举行烧纸仪式后，正席才能开餐。房子酒也不例外，酒席的当天，烧纸后，木匠班子还要上房说福事，一般是由主要负责的木匠师傅主持，吃酒的亲朋好友中有做木匠的也可参与。

上房说福事之前，有的木匠师傅还要举行一个简短的仪式，他会让主人用茶盆抬着一些肉和物品之类的东西，让其跪在大门前说几句吉利的话，然后他会问主人，"是要富还是贵"，有的会回答"富"，有的会回答"贵"，有的则是

"富""贵"都要。其实，大门两边的磉凳上一般都刻着"富""贵"二字。

那一天，小叔是怎么回答的，我确已无法记清，但那些木匠争先恐后上房说福事的事情我却记忆犹新：

"恭喜你啊贺喜你，富贵就从今日起。我上一步，一步登彩；上二步，二步朝阳；上三步，三星高照；上四步，四季发财；上五步，五子登科；上六步，六畜兴旺……"

一个一个木匠，都会炫耀着他们的口艺，从堂屋的木梯而上，在这里为主人送上最真诚的祝福。主事的木匠还会把主人后家准备的抛梁粑扛在肩上，一手稳着箩筐，一手把着梯子，说着福事而上。

一个一个木匠，他们悠闲地坐在梁头，像对歌一样诉说着他们的情怀。

太阳出来绿阳阳，照在主家立新房。
世代儿孙登金榜，身入皇都做栋梁。
加官进禄又进宝，富贵荣华久久长。

情到兴时，鲁班师傅们就四处抛洒抛梁粑，下面的男女老少早已翘首企盼他们抛下的礼物。有时，几个粑粑一撒，几个娃娃就抢在了一起，熟悉的成年男女，有的也乘抢抛梁粑之际乱摸几下。那时，我个子小，好不容易才抢到两个小小的圆圆的粑粑，回家就往火坑跑。

　　爷爷的房子，父亲的房子，小叔的房子，还在老家安静地立着。

　　爷爷已经去世多年，父亲和小叔的头发已经发白，可那些为立房子而奔波的岁月却似乎还在延续。

送葬

如果没记错的话,是一九八八年的冬天,那年我在堰塘村小读二年级。

从村小到家里,本有两条能走的路。一是经蜂桶沟和胡家湾上柏杨林再到家,这也是我常走的一条路;一是经四朝往我们寨子上再到家,这条路我比较少走,因为路边人家的狗多。

那一天,无意从寨子上回家。走到洋合田的时候,里面人家的院坝里有很多人,砍柴的,洗菜的……各自忙着自己的事情。那人家的主人是我们家大伯,是二公的长子,那时,只有这样一种模糊的记忆。

回家后,父母说,那是二公死了。二公,爷爷的弟弟,死了。这是我关于我们寨上死人的最早的记忆。

对二公的印象,现在想来只有一个模糊的背影。就在他老屋东边的黄泥巴田埂上,他背着背篼在前面走,手拿镰刀,似乎是去做什么农活,我始终不敢追上。

只记得那几天,父母让我放学后就往寨上回来,在大伯家吃了饭再回去。

一连过了几天,清早,父母就把我叫醒了,说是二公要上山。到了二公家,已记不清是谁帮我包了一张孝帕,孝帕用麻线系着,并且嘱咐我等会儿要把麻线取下和其他的一些物品一起烧掉。

二公埋在黄泥巴田的下面,那天早上,我们沿着我对他有着记忆的那条路送他上山。或许,这就是缘分,作为一名晚辈,关于他的记忆就这么两次,两次都在这条路上。

再后来,寨上时而也有一些老人离开人世。随着年龄的增长,我对葬礼的记忆也越来越深。

有一段时间,一碰到谁家死了老人,我们几个同龄的伙伴便邀约着去守夜,特别是闹白事的晚上,因为先生们要做各式各样的道场。

记忆最深的就是打绕棺了。打绕棺就是先生们——一般六至七人——绕着逝者的棺材边唱边舞,超度亡灵。掌坛师手持师刀走在最前面,其余的跟随在后,打击着锣、钹、小锣等,时而两人一小组,时而三人一小组,表演着各式各样的舞蹈动作。

有时,在山上放牛,几个小孩没事了,便约定来埋一个人,那人绝对是我们憎恨的一个人。先假定他死了,请我们几个去给他做道场,然后我们再按那些程序给他办丧事,直至埋葬。现在想来,有点可笑,但实在没有比这个更好玩、更能报复他人的事情了。

当然,不同的人去世也有不同的葬法。没有结婚的年轻人去世了，特别是年龄小的人去世后，一般是请个先生开路后就直接埋葬了，并且不用棺材。

我们家前面是一条河沟，河沟上方有两条支流，其中一条支流往上的地方叫鸡山沟，那里是专门埋葬年轻凶死的那一类群体的，小时，我们经常听说那里闹鬼。

小姑去世时，年已四十，我们一家十分悲痛，上山的那个早晨，我们后家这边的亲戚基本都到了。那天早晨，细雨纷飞，粒粒雨滴敲打着她的棺木，龙杠已经捆好，发丧鸡在龙杠上咯咯地叫，阴阳先生一手持着斧头，一手持着一个小碗，一边比画着一边用斧头打碎了碗。

碗碎的声音，就是小姑永远离开她那个家的声音。她的墓地就在她的屋边，很近，特别是对那些抬丧的人来说，可是对于我，却很远，因为她再不能回来了。

很多人在离我们而去，很多人也在向我们而来，这就是人生。很多亲人离去的时候我们不得去目送，很多亲人来世的时候我们也不得去迎接，这就是家的轮回。

外公和外婆去世的时候，我都没有去送葬，现在想来，是一件非常后悔的事情，因为没有关于他们最后的一点点记忆。但关于外公去世时开天门的事，后来却经常听其他亲人说起。外公是一个傩戏掌坛师，据说只有他这样的大师，在去世时才有开天门的资格，也算是弟子们对他的一种敬仰。开天门就是在堂屋里搭一架楼梯，直抵房顶，房顶需揭开几块瓦片。开天门时，逝者像活人一样坐在一把椅子上，一手还要拿着书，一手再拿着他平时喜欢的物品。他的孝子或徒弟手持他的灵牌，在众多先生主持的法事下一步一步登向天门。

　　古人说，红白喜事。从这个角度来说，送葬，并不是一件悲伤的事。

　　那些记忆，似乎也不忧伤。

石匠

　　几根錾子，一根钢钎，几个铁锤……再加上一个背篓，这就是一个石匠的家当了。那些年，砌院坝坎、阶沿坎，打石磨、石碓、石槽、石碑等等，都得请石匠。

　　家里砌阶沿坎的时候，我已经有记忆了。阶沿坎需要条石，对石质的要求较高。当时家里请的石匠名叫牛大王，是妹妹的干爹。牛大王并不姓牛，本姓吴。与他一起的还有他的两个弟弟，一个叫麻羊娃，一个叫癞子。他们的这些称呼，年幼的我只觉得好玩。

　　开石选料场也很讲究，既要选石山，看石质，看开采的难易度，还得选位置，看距离的远近。经过初步勘探，那次他们选了两个料场，一个在柏杨林，一个在大高山。柏杨林的料场就在我们家的承包地里，白色石质，一层一层的纹路非常清晰，很易开采，根据后来所学的知识，那应是很典型的石灰岩。

　　开采石头，很有讲究，要找准它的脉络。选定一块拟开采的石头后，便要把它上面的泥土抛开，根据石质的纹路，在它的分层线上打几个四方形的小孔，再在小孔里塞入特制的像铁栓一样的长方体的铁楔子，接着用二锤使劲敲打铁块，以使石头逐渐自然分层。小的石头，打一两个孔，待岩石开始分层的时候，用钢钎帮忙使力就够了。但一遇到大的石头，就需要打好几个孔，有时还需要几个石匠一起上。几个石匠一起的时候，他们还会唱起"嗨呀唑来嗨呀唑"这样的号子。

记忆中，牛大王很爱教训名叫麻羊娃的兄弟，可麻羊娃也总是不听他的话，两兄弟总是为一些莫名其妙的事情吵得不可开交。说是两兄弟，那时的我并不相信，因为牛大王家就住我们对面，而麻羊娃家却在很远的地方，后来才知，他们是同妈不同爹。

大高山的石头呈红色，砌在阶沿坎上非常漂亮。看到那一錾一錾的痕迹，直到今天我还能想起多年前的一幕一幕。我们叫牛大王表伯，叫麻羊娃表叔，表伯与表叔，他们在大高山上辛苦劳作的场面，已如一幅油画镌刻在了我的脑海而无法忘却。

表伯与表叔，白日在山上劳作，晚上还要煎錾子。煎錾子，就是把白天打凸的錾子打尖。煎錾子，本来是铁匠的活，但一般来说，大部分石匠对这个活路还是熟套的。先烧一堆火，或用炭或用煤；然后把事先准备好的风箱的一头接到火炉的位置，一人扯着风箱，使火燃得很旺很旺；再把錾子的一头放进火炉里，不一会儿，錾子就红了。这时，石匠一手拿着钳子把錾子夹起来，固定在准备好的铁器上，另一只手或者另外一个人，则用铁锤使劲把錾子的底部锤尖，有的锤成圆形，有的锤成方形。差不多的时候，则把錾子往冷水里一放，等完全冷却后，錾子的尖尖就锋利无比了。那段时日的夜晚,表伯与表叔,还有另外的几个石匠,总是交替扯着风箱煎錾子,说说笑笑,其乐无穷。

我们寨上有个石匠姓周,人称周石匠。在我的记忆里,除了看到他打过几个猪槽外,没有看见他接过大型的活路。小叔说,周石匠有个绰号叫"痨嘴狗",直到现今,我不知这是真是假。关于这个绰号的来历,叔叔是这样说的:有一次他一个人在家,想吃点好的,便用家里仅有的几个鸡蛋准备打蛋花汤喝。可等一切做好,准备吃的时候,家人回来了,他怕被发现,一下把煮好的蛋花汤倒了。这样,他便得到了"痨嘴狗"这样一个称呼。

小时,舂海椒、舂粑粑,都是靠老屋后面的石碓。后来,我问奶奶,石碓是哪个石匠打的。她说,好像是周石匠。

周石匠已经死了,好几年前。

> 周石匠死了,在房门上摔死了
> 大概下午五时,他的孙子正在炒菜
> 他的兄弟更是无法相信
> 这死的速度,或者说时间
> 以至于,他的儿女都在远方

这是我对他最后的记忆,权当悼念。

我的表伯、表叔还在。可是,他们的匠心、匠艺还在吗?

说春

腊月，火坑边，一家人坐着，柏香枝燃烧的烟子熏着火塘上方的腊肉。不经意间，从板壁的缝隙里看出去，春倌来了。

春倌，就是说春的艺人。说春，是老家那地方的一种民间习俗。立春前后，春倌一般都会手持春牛、孝春棒，背着一个背笼，或者一个口袋，行走在乡村大地，走村串户，为乡邻送去新春的祝福。

春倌说春，多是说一些吉利的话语。每走到一家，都是从主家堂屋的大门而入。那年月，农村大部分人家的大门都是用几块木板或竹子拦着，有的什么都没有就是敞着，遇到这种情况，春倌都会说着"春天的祝福"走进主家的堂屋，"春正时来花正香，加官一步进华堂；华堂之家出宰相，喜鹊林中出凤凰；几句闲话推出城，先与主家开财门……"说着说着，有的主人家就会出来迎接，或给他撮两碗米，或给几毛钱块把钱，但有的主人家也会装作不知道，碰到这样的人家，春倌也没办法，也只好说几句就离开了。

家庭富裕的人家，有的会很狗夹（方言。吝啬），就算春倌说破了嘴，主人家也不会开门迎接。开门迎接的，也要使出浑身解数，把家里的贵重物品都摆出来放在桌子上，让春倌说个够。

一次，我在三舅家玩，来了一个春倌，径直走进了他家堂屋。三舅是个木匠，堂屋里摆放着他的推刨、锯子之类的家什，那春倌功底似乎很深，对着他的那些家什说了近半个小时。三舅什么也不管，接着又从他的家里取出了拆衣服用的大剪刀、杀猪用的杀猪刀……春倌是看见什么就得说什么，要不然就是没水平，看见剪刀就得说裁缝，看见杀猪刀就得说屠夫，说吉利的话，说祝福的话。一个早上，春倌才走出他家大门，报酬也就是几碗米、几毛钱。

接着，春倌又去了大舅家，大舅又用同样的方法对付他。后来，我很好奇，问他们为什么这样，他们说，这样"迎接"他们，说不定，下回他们就不会来了。有时，一年要迎接几十个春倌，家里承受不了。

二麻子也在说春了。

二麻子姓白，住在我们后山那边，有三个儿子，大儿子是我的干爹，干奶奶一直有病。去他们家拜年的时候，我见过鼎罐，这是我对他们家零星的记忆。

哪一年，已经忘却。寒假回家，家里在推绿豆粉。天已经快黑，二麻子背着一个背篼，拖着孱弱的身躯正朝我们家走来。我们家的大门是敞开的，因为堂屋没有装门。他的胡子已经很长了，和春牛的胡子似乎连在了一起。

他一进堂屋，嘴巴就咕噜咕噜地说个不停，说的什么，我全然不清，似乎故意让人无法听懂，带着一点神秘的韵味……最后，母亲给了他两碗米，取出了一张春牛帖放在堂屋的香盒上。

每一年，家里都要收到很多张春牛帖，春牛帖上印着一年的年月日及甲子，还有一年的年岁情况，是一龙治水还是九龙治水，一目了然。事后，父亲都会选几张自认为精美的用米汤贴在板壁上。二十四节气在上面一般都是重点突出，一到什么季节，该做什么农活，自然而得知，"寒露油菜霜降麦"，长辈们在生活中总是用这样的农谚来安排自己的农作。

春牛帖上的春牛图，我印象最深。因为每天放牛，是那时的任务，还有一到春天，父亲就会使着耕牛耕田犁土。

放牛的日子已经远去，我的牧童生活早已终结。

春牛图，剩下的是对它美好的想象；春牛帖，贴它的板壁已经不复存在；春倌，他们已经完成了自己的使命。

行媒

村里的男人讨媳妇都要靠媒人。

青年男孩到了婚嫁的年龄,嘴巴白一点的,一碰到村里的婶婶嫂嫂或者姑姑姨姨等亲戚,都会说,"给我找个媳妇咯"。女孩子呢,一般都不会主动提起这样的话题。当然,不管是男孩还是女孩的家长们,孩子年龄大了,他们都会着急,特别是子女多次谈婚论嫁失败的,越往后,父母越心慌,这种情况,一遇见熟人,就会托人给孩子找个对象。

不过,村里好心人也多,很多人也会主动给青年男女行媒。有时,遇见男孩,就说,"谈媳妇了吗,我家有个什么亲戚家的姑娘不错";有的兄弟之间更直接,"我家小姨妹不错,要不要试试"。对女孩呢,则要含蓄得多,平常都不会直接询问本人,一般都是找到她父母,东拉西扯,拐弯抹角,最后才抛出主题,"你们妹娃找婆家了吗,我们什么哥啊或舅啊或姑爷啊家毛(方言。儿子)不错,他们家田多粮食没得问题,水井就在坎上,吃水不用挑"。

事情初步谈成,男孩就要准备两份礼品,提上一包糖一瓶酒或几斤猪肉等到媒人家,一份给媒人,一份由媒人拿到女方家。女方家如收下了这份礼品，就说明问题不大了。女方不同意，绝对不会收下这份礼品。

从开始到结婚，要促成一桩婚事，媒人的功劳不可低估。

我们家那地方叫大埒，大埒下面是一条没有名字的河沟，沟的对岸上住着一吴姓人家，他们家有两个女儿的婚事都是我母亲行的媒。

他们家二女儿嫁给我二舅家的大儿子，三女儿嫁给我二姨妈家的独儿。母亲给他们行媒的时候，我也十来岁了，那时的我还质问母亲，"你一天怎么总是去给人家做媒人哦？"当时在农村，有的人也看不起媒人，总觉得媒人就是贪图别人的吃和穿。男方家每次去女方家行礼，也都要给媒人家备一份礼物；女方家呢，女儿每年都要给媒人一家缝制一双布鞋。到结婚的时候，媒人一家的衣服鞋子，男女双方都要各备一份。婚后三天回门，男方还要给媒人家背上一个猪腿、猪头。"背时媒人是条狗，这家吃了那家走"，这是当时乡村"挖苦"媒人的一句俗语。

说到给二姨妈家那独儿行媒，还有一段插曲。母亲先给他介绍的是另一位姑娘，那姑娘是我也是他三舅家大女儿。头书都下了，这表姐却在另一个媒人的游说下要和另一个男娃成亲，巧的是，那男娃与二姨妈家住一个生产队，后来的结果没有悬念，两家是非不断。

行媒也有烦恼的时候，如果男女双方交往了一段时间并举行了一些中间议程后需要退婚,这时媒人则要站在中间立场,就双方反映的问题进行调解,要不然,就要把两家人都得罪。如果时间一长,名声一臭,再行媒,有谁相信呢?退婚,如果是男方家提出,则由女方家谈条件。此种情况下,男方家付出的物品不一定能全部退还,但有的女方家在这种情况下,也会为了骨气把男方家原来行礼的物品全部退还或折价退还。如果是女方提出,男方就谈条件,这时男方就会把行礼的所有物品清单列出来,要求如数退还,已经使用的就折价退还。有的男方家,还要把去给女方家帮忙做农活的劳力算出来折算成钱,遇到这种情况,只能说,讨个媳妇真不容易。女方只要提出退婚,一般也不会在乎退多少钱,因为还有人要来娶她。

多次行媒的母亲,也会遇到退婚的事儿。其中的酸甜苦辣,当然我不曾得知。

那一年,父亲在广东打工认识了一个广东的好兄弟,回家时,那人特意托父亲看能不能在我们这里给他介绍个媳妇。回来后,父亲觉得邻村的一个女孩子不错,便去与她的父母商量。那一段时间,天一黑,父母从山上忙完农活回来便往她家跑,有时中午,趁休息时间,那姑娘也常来我们家。正好那时父亲从广东带回来了一台录音机,看着转动的磁带发出美丽的歌声,那姑娘瞪大了双眼,一边听着音乐,一边听父亲畅谈着山外的美好。此事正要成了,她父母和她本人也都基本同意了,这时,眼红的人却说我父亲肯定是个人贩子,肯定得了好多钱。后来,事情就在这种舆论之下黄了。

父母正在渐渐老去,那些行媒的事,也在渐渐老去。

迎亲

自懂事后,给人家帮忙,我最想的就是迎亲当轿夫了。那时,农村娶媳妇,要经过问媒、下书、过礼、迎亲等严格的程序。结婚是大喜之日。一般的家庭都要请上两三个村寨的乡亲帮忙当轿夫迎亲。

从几岁开始当起轿夫迎亲,已经无法记清了。只知道很小的时候,村里有人结婚,我们就要跟着去迎亲。开始,只是帮忙扛一些枕头、席子之类的轻便之物。后来,就开始抬被子、抬火盆等稍重一点的家什。

结婚的酒席一般为三天,第一天早上主要是宴请帮忙过礼的人员,过礼人员吃了饭,然后就抬着衣物、花烛、条方、猪腿、花生等物品去过礼。第一天下午,则是主人约请轿夫来吃饭,一方面他们是来帮忙的,主人这样就相当于是交了定金;另一方面,主人家好把握到底有多少轿夫去迎亲。第二天为正式的婚礼,主要是主人家的亲朋好友前来祝贺。第三天则是主人回谢村里帮忙的父老乡亲。

我们那儿的风俗,过礼的人员住女方家,轿夫则要第二天打早从自家直接出发到女方家里。路程近一点无所谓,要是远一点，天没亮就要起床。我们一伙孩童，跟在大人的屁股后面，说说笑笑，再远的路也感觉不一会儿就到了。

在女方家吃完早饭，女方要履行一系列仪式，才正式发轿。按规矩，没有发轿，轿夫不能启程。但我们小孩，扛席子、枕头之类的一伙，有时就不管那些规矩了，饭一吃就偷偷地溜了，因为怕跑不赢后面的大队伍。特别是扛枕头、席子这样的物品，男方家还要用这些陪嫁品布置新房。

迎亲路上，我们都跟着铁炮客跑。铁炮，是把火药铸在自制的铁管里引燃的一种礼炮，农村的各种礼席基本都用，一般鸣三响。迎亲途中，铁炮客也非常忙碌，在女方家发轿之时，他要放三响，然后又要急急忙忙往男方家赶，并要充分利用途中时间抓紧把炮装填好，在即将到达男方家的山头或者山沟时放三炮，示意迎亲的队伍就要到了。

新郎一听到这样的炮声，既欣喜又羞涩，欣喜心爱的妇人就要来了，羞涩，则是由于即将面对新娘的紧张。

迎亲，女方的嫁妆需要许多人帮忙抬，特别是陪嫁多的家庭，所以参与迎亲的队伍中，不光有自己寨子上的叔叔哥哥们，还有附近寨子上的乡亲们。每一次迎亲，除了那些共有的快乐外，还有着一种特殊的经历。第一次参与迎亲，新郎是再洪叔，女方家就在隔壁寨子。记得我当时抱着席子跑了第一，心里特别高兴，遗憾的是，再洪叔已在前几年的一场车祸中丧生。此外，建明叔娶的第一个老婆，我也参与了迎亲，当然，这次路程遥远得多，我则扛的是一张独凳，一路上，歇歇走走，走走停停，好不容易才回到寨上。这张凳子，不知那位婶婶自己坐过没有，因为没几年，她就因一场疾病去世了。时间就是这样无情，我已从一个孩童变成孩童的父亲，当年亲事里的一部分主角，却告别了人间。我对他们的回忆，他们已经无法感知。

  一个隔房的三叔，那年定的是正月初八结婚。按礼俗，正月初七是过礼的日子，在这一天，按乡规，都去了女方家。同时在这一天，轿夫们也都来吃了饭。可是，三叔却说，他正在从广东回家的路上，婚礼一定如期举行。正月初八清早，轿夫们也从各自家里出发，不约而同到了女方家。可这时，三叔却还没有回家。他没有回家，女方家则不发轿。一直等到了下午，他才打电话回来说，他还在广东。这可把双方的父母急坏了，男的都没有回来，女方怎么发轿呢？后来，这女的还是嫁给了三叔。

  这三叔的兄弟满叔，他娶媳妇的时候我也参与了迎亲。这回，我与一个兄弟抬的是火盆。一根长木棍，用篾条对角一捆，行走在路上，一点也不得打脱（方言。掉落）。这满叔是父辈中年龄最小的，结婚这一天，他给所有的哥哥嫂嫂都磕了一个头。那天，他的笑容憨厚朴实。

  故乡的迎亲路，我已经逐渐离开。可那些悲欢离合的情愫，却一直无法远去。

抢火炮

小时，最喜欢寨上哪家整酒，因为可以去抢火炮。整酒，也就是过事办酒席，接媳妇、打发姑娘、立房子以及死人、生崽崽等就要整酒。整酒，主人的三亲四戚都要前来祝贺，挑粮食、送礼物、请"八仙"等等，不过对小孩来说，最感兴趣的是放火炮。

客人要放，主人要接，大户人家，有时放一次火炮要放上数十分钟。火炮一般都放在院坝附近燃放，只要一听见那声响，我们小孩都会放下手中的任何事情，捂起双耳，径直向火炮响起的地方奔跑，两眼直盯着快速缩短的一串串火炮。响声一停，一窝崽崽就像鸭娃，一哄就去抢火炮了，双手不停地在地上寻找，有引线的、没有引线的，有的已是空壳壳，全往荷包里放。特别高兴的是，有时还能捡到一小串一小串没有燃完的，一天下来，几个同伴总是要比比谁抢的火炮多。

捡来的火炮，有引线的，一下放一个，一下又放一个，现在想来，其实也是在断断续续地给主人家带来热闹的氛围与欢乐吉祥。没有引线的，一般从中间折断，把香或树枝点燃后再将其一个个引燃，那是嘘花。水上嘘花更有一番味道，把折断的火炮点燃后往水里一扔，就会发出噗噗的声响，还会冒出一个个黄色的气泡。有时，则会把所有火炮中间的火药取出来放在一起，自制大火炮。先找一根筷子，再找一些废纸，有的是把自家的教科书都取出来，通过筷子一层层地把纸张卷成一个个圆筒，圆筒的底部用泥巴敷上筑紧，把火药放进去，放入引线，再封口，一个大火炮就完工了。

抢火炮，玩火炮，也是有一定风险的。说抢火炮吧，有时因为做工或者火炮被打湿等原因，其没有完全燃完就被伙伴们抢在手里或包里，时常有在掌中和包中爆炸的情况。一次，寨上的一同伴就被捡在手里的一个大火炮炸了，原本完好的手心被炸出好大一个黄黄的伤口，哭啊哭啊，他的老爹既吼又疼，"叫你妈的不要搞火炮，就是不听"，其他人又不停地笑，"吹唢呐咯，吹唢呐咯"。

就算再有危险，小孩子对火炮的执着，也是什么都无法阻挡的。在整酒的场合，大部分父母一听到火炮声，也都要出来看管自家的小孩。有些父母死活都不准小孩去摸火炮，孩子当然很委屈；有些父母嘴巴闹得厉害，但小孩就是不听；有些父母啥也不管……

除了盼整酒，就是盼过年了。过年，家家户户都要放火炮。

吃年夜饭时，寨子的每家都要烧香烧纸放火炮，一听见那"噼里啪啦"的声响，内心就控制不住那份兴奋与快乐，就在想，那人家的火炮是落得多还是落得少？因为过年这天，父母都不太让自家的孩子去别人家捡火炮，但小孩都会想尽办法寻找机会悄悄溜去，有时兴高采烈捡了一大包，有时也会空手而归。

　　大伯家住我们上面，每次过年听见他家响起的火炮声，我都非常失望。我们两家因为鸡毛蒜皮的事吵架，一直都不和而没有来往。那声声火炮，听在耳里，想在心里，阻断的是童年的快乐，更是亲情。

　　除夕的晚上，梦里都是火炮。初一的凌晨，每一家都要起来放开门火炮。那时，总是希望天快亮，天亮了，我们就能去捡火炮，在别人家的院子里，在被"拜年"的坟山上，在那些能捡到火炮的地方……

　　有一年除夕，我与表弟和小叔等取火炮，在另一个村，一直等到下午，等那匠人现做。那种心情，确是一种煎熬。回家的路上，总是想，那火炮的声音有多大，不响的有多少，我能抢到的又有多少？

　　火炮声声，声声清脆，在山间，一直在那生我养我的山间！

辑三 —— 诗画童年

柏杨林

离你最近的地方

路途最遥远

——泰戈尔

柏杨林，顾名思义应该是长满了柏杨的森林。可自懂事起一直到离开家乡，我从没在村前的柏杨林看见一棵杨树。祖辈们早已把它开发成耕地，春来播种，夏来薅草，秋来收成……

那还是很小的时候，父母去赶场，我只要一看到太阳偏西，就跑去柏杨林痴痴地傻傻地执着地等，等着看他们简陋的藤筼或背筼里是否装着我最想要的油炸粑、糖麻圆之类的。不过大多时日我会失望。父母的理由是，今天卖鸡蛋的钱买了几包盐巴、买了几斤煤油；或者说，那卖麦子的钱又给哪个亲戚家的女儿买了陪嫁品。

有时，父母没去赶场而是做其他事，我也跑去柏杨林，等他们从那里回来。潜意识里总认为，那是他们出入的必经之地。

时间追溯到更早，我还在吃奶，而母亲又想把这事甩掉。临睡之前，她就哄我，柏杨林里有黄鼠狼，等会儿要来吃鸡，她得先去把它打死，而我竟也相信，独自入了梦，当然吃奶之事亦便渐渐埋藏在那无知的梦里。

1989年，我到镇中心完小读三年级。每天都是天刚麻麻亮，母亲就起来炒饭，让我吃了上学。

不管天晴下雨，母亲都会把我送到柏杨林，叫上住在坡下的琴姐们，与她们一道。那时家里穷，连一块手表也没有。所以，父母偶尔会由于疲惫醒得较晚；或者，早早起床就做好了一切准备，而等不到天亮。

早一点还无所谓，顶多就是瞌睡被耽误。可晚了呢，一到柏杨林叫"琴姐"，就只能听见她父母的声音，"她们走了"。此时，我只有痛苦地流着眼泪，极不情愿地追赶着，心想"读书"这玩意儿怎么如此难呢。

行走在山间小路，自己的脚步总是不停变快。偶尔，琴姐们也还在半路的水田里捅黄鳝，嘻嘻哈哈的。有时，走了一个多小时后，上课的钟声已经敲响，我只能灰溜溜地站在教室门口等候老师的指令。

到了四年级，我寄宿在姨妈家，因而慢慢远离了原来每天至少要经过两次的柏杨林。

渐渐地，我念了初中、高中、大学。

还记得上大学的那天，是1999年秋季。全家老少用鞭炮把我送到柏杨林，他们充满幻想和期待的眼神让我明白了古代的"入学中举"对于一个家族是何等重要，又是何等光荣。我知道，他们一辈子都在柏杨林以内生活和思考着，多么盼望有一个子女能从这里走出，去林外的世界纵横驰骋，坐上国家的"洋式房子"。

大学毕业了，我总算实现了他们的一点点愿望，也总算满足了他们的一点点虚荣。

有一年回家，村里正在实施退耕还林工程。我看到，乡民们在柏杨林种下了一棵棵杨树，据说树种还是从加拿大进口的。

看到一棵棵稚嫩的树苗，我又仿佛看到了曾经的自己，在那里生长，在那里期望，从那里腾飞，从那里翱翔。

好多年了，一颗心还种在那里，久久不能发芽。

站在那里沉思。无论如何，我的身体肯定是再也不能长时间地停留在那片未来的柏杨林了。

是啊，柏杨林！"离你最近，路途却最遥远啊！"

河沟

> 怀里搂着的是你
> 心血却在为另一个人流淌
> ——题记

柏杨林下面是一条没有名字的河沟。

雨明比我大几个月,从小,我们就喜欢一起游玩。夏天,只要有空,就邀一帮伙伴去河沟洗澡。

河沟水浅,我们就搬动附近的石头垒成一个小水塘,然后脱光衣服像水牛一样在里面滚来滚去。偶尔,一场暴雨而至,我们的努力也会白费。

大部分时间,我们还带着撮箕、盆子去那里抓鱼。印象最深的是到沟边的石洞里捅红尾鱼,把撮箕口对准有鱼的洞,再用一根特制的荆竹条朝里面搅动,鱼一出来,抬起撮箕就有货了。还有捉螃蟹,螃蟹大都藏在水里的石头底下,一般挪动石头,如有,它就要逃跑,你便可捉。不过那时,乡里人不吃螃蟹,拿回家几乎都是用来喂猪。

河沟边泉水多,而且冰凉。夏季,父母做一天农活累了,就让我去端凉水。也挺奇怪的,那时我最怕月亮和星星在水里的倒影。有的傍晚,月儿出来较早,繁星也格外妖娆。它们映在水井底下,我一看,就不敢去里面舀水。每当此时,只有闭着眼睛,凭着感觉把瓢伸向里面,不管舀起的是什么,把它装进温瓶,灌满了撒腿就跑。

河沟边的泉水永远不会干涸。有一年,近两个月没有下雨,村子里所有的水井都已枯竭,可河沟边的水井却依然如故。当时我正从镇上的中学补课回来,看到妈妈去那里挑水够辛苦的,便主动请战,"娘,让我去挑一挑吧!"我挑着水桶就摇摇摆摆下山。于河沟的井边看着清澈的泉水不停从石缝里冒出来,好羡慕,要是屋边有这样一个井该多好啊!

童年的记忆中,河沟不爱涨水。我们常在那里放牛,有一要好的伙伴名叫"毛",傻乎乎的。每天早上,当阳光爬过山岭射进河沟之后,他爸爸就要站在山腰使劲地喊,"毛——毛——毛喔——回来吃饭了"。当然,毛也会撕扯着喉咙答应,"喔,我来了——",生怕那高高在上的老者听不清楚似的。

后来,不知怎的,那河沟就开始涨水,特别是春夏之际,一股股黄黄的山水就从河沟边那群山峻岭的累累沟壑间汇集而来,一起奔腾着。

不料,河沟涨水,毛家那几亩大田全被泥沙淹没。一家人的生活没有了着落。因而,他老者不得不外出挖煤维持生计。

自此,"回来吃饭了——""我来了——",深富穿透力的一应一答也彻底从河沟边消失。

在姨妈家寄宿念书,那里没有河沟。可他们家竹子多。竹子可造纸。大体程序是先用石灰把竹子浸泡在麻塘子里,等到腐烂,再用特制的碾槽把它碾碎,而后把其放在造纸房的水槽拌匀,用帘子一张一张地舀起,再把水压干,形成垛子,回家后再一张张分下来,10 张或 15 张一叠晾干。

没有河沟的日子,我和另外几个小孩便充分利用麻塘子,往里面灌满水,就成了游泳池。大白天的,几个孩子就如"黄克蟆"(方言。对孩子不穿衣的称法)般在那里乱蹦乱跳。不过,每次我们都是悄悄地,小心翼翼地。万一被发现,那可惨了,同伴的父母在用鞭子抽打自己的孩子时也不会放过我。鞭子一下,身上难免要起几条红印,蛮疼的。可死猪不怕开水烫,大人不准,我们就硬要去。

在对河沟的迷恋和对沟水的憧憬中,我一颗孤寂的心顺着它慢慢流淌了下来,直到现在。

故乡的河沟似我暗恋多年的白雪公主。我的心血一直在为她而流动,可心怀却从没有拥抱过她。

过年

> 这颗心既不再激动别个
> 也不该再激动起来
> ——拜伦

老家那地方最讲究过年。腊月间，家家户户要杀年猪，做绿豆粉、花甜粑，煮甜米酒……以迎接新年的到来，有的还要添置几件新衣服。不过这些都吸引不了我，我唯独对鞭炮情有独钟。

我们管鞭炮叫"火炮"。过年那天，村上村下，无论哪家，只要火炮一响，一群小孩就会赶向那里，似乎它就是我们的灵魂，它就是我们的信仰。当时，都以谁捡到的火炮数量最多为荣，特别是荷包里如装着几个大火炮，那更是洋洋得意。

大年三十早上一般只吃绿豆粉花甜粑之类的。早饭过后再煮猪头。煮好猪头后，要把其放在大门外的院坝里，正对着神龛，给那些老祖宗烧纸，向他们敬奉，以祈来年风调雨顺，六畜兴旺。

烧纸过后，男主人就开始把猪头上的骨给剔除下来，女主人则开始做年夜饭。幼时的我每次都是等爸爸把猪头上的骨剔下来，再用锤子敲下那两颗最大最硬最锋利的獠牙做玩具。有时也挺倒霉，一头大大的猪，那两颗獠牙却很小。而其他小孩又来和你比他家那年猪的獠牙是何等地大，想起来怪自卑的。

年夜饭之前，家家户户也还要为老祖宗烧纸和放火炮。对于吃年饭，我们当然是顾不上的。每当寨子上的火炮声接二连三响起时，心里就被搅得一阵慌乱，不知该往哪儿跑。一遇到这种情况，我就往富有的而又没小孩的几个爷爷、叔叔家跑。

相对来说，正月初一早上的"开门火炮"，每家都要多放一些。所以那时几乎是天还没亮就起床，拿着手电筒找火炮去了。

总之，那时的年充满快乐和欢欣，年味很浓。

具体是哪一年已无法记清，我们家没有了"火炮钱"，过年那天，爸爸妈妈也不高兴。父亲打扫清洁卫生，不小心把老鼠药拌的米给家里仅有的两只公鸡吃了，与母亲大吵了一架。当时只感觉很无辜，自己做什么他们都看不顺眼，以至于吃年饭时他们也说不该去倒那菜汤，说第二年田坎会垮，一气之下，我便把饭碗往地上一砸……这是有史以来我第一次对着父母发脾气，也是迄今为止我记忆最深刻的一个关于过年的细节。

那天，我也没去别的人家捡火炮。事后，洗了脚，烤一会儿火就去睡了。按照风俗，过年是必须洗脚的。长辈教育我们，"洗脚洗到膝盖头，来年有头大耕牛；洗脚洗到胯胯，餐餐碰到朒朒。

  如今，岁月已赐给了我四十余个春秋。其中，已有两个年不是在家里过的，而是身在远方感受着一种孤独。或许，也不能说是孤独吧，朋友们都说，现在的年没什么味道了，过年不过年一个样。特别是在城市，外来的圣诞节、情人节早已占据一席之地；就算是农村，一批批打工青年大多也没有回到生他养他的故乡。乡村，虽然还有较之以前更长的火炮声响起，可除了这不断回响在山谷的寂寞的火炮声外，还能找到什么呢？

  对于过年，一颗心似乎再不能激动起来。就像现在的新郎新娘，真正的新婚之夜，他们关注着哪个朋友送了多少礼金，哪个领导又亲自来祝贺，或者说，房款就要凑齐了……而对于那份贞洁，那份成熟，那份责任，那份当新郎新娘的激动，可能只有少数人还在忧思。

  让代代王朝、祖祖辈辈激动了几千年的"年"，一下子沉闷了。

  刹那间，我忆起了拜伦的诗句："这颗心既不该再激动别个，也不该再激动起来。"拜伦写下它的时候36岁。36岁的心就不能激动了，想想，几千岁的"年"不能激动，但又为何不可呢？

酒父

酒，是你美丽可爱的眼泪

从瓶口，滴落到乡村靠近城市的酒杯

父辈们几兄弟喝酒在村里是出名的，不只是因酒量大，更是因其醉酒后的各种面容和行为既让人气愤又引人发笑，有的醉了假装生气而要携带子女远走，有的在别人新婚之日醉后忘了送礼金……

有一次父亲醉了，躺在床上"哇哇——"呕吐，母亲则做着家务，说："毛，给他倒杯水、抬铲灰去。"当时，我极不情愿。闻着那臭熏熏的脏物，有一种说不出的恨，想骂又不敢。"不快点，要是他醉死了，以后谁挣钱给你用。"妈妈继续说着。我沉思片刻，也就去了。

记得是一个夏日的黄昏，父亲又在满姑爷家喝得似醉非醉后回家。

那个模糊的夜，我还记得格外清楚。只有一点微弱的月光，父子俩行走在非常寂静的小道上。他时而哼着歌曲，时而摆点龙门阵。到了那个"鬼峡谷"，他嘴里就不停地念着："爷爷、祖祖、嘎公、嘎婆（他们都已经死去），你们保佑我啊！"懵懵无知的我，也傻傻地跟着喊道："爷爷、嘎公、嘎婆（当时都还没死去），你们保佑我啊！"

恍然间，一个多小时的时间，上一坡，下一程，就到家了。事后他才说，假使没有酒啊，夜晚是不敢往这条路上回家的。因为流传谁在山谷里闯了"饿死鬼"，谁又碰到了"长鬼"的故事太多太多。

这些年，父亲从没间断过喝酒。我大学二年级时，他正在广州打工，我暑假时也因闲着无聊而去了那里。抵达他所在的工地的时候，我看见了一个熟悉的背影，白发苍苍的父亲正在三十几度的高温下不停劳作，我终于躲在角落流出了眼泪。

那段时间，晚饭后，几个工友会时不时去小摊上来两杯。此时，我才真正理解酒对于一个人的作用。特别是一个在异乡面对孤独和疲劳的人，除了酒，似乎再也没有什么能够麻醉他，以得到暂时的解脱。

之前，我都是劝他别喝了。此后，我改成了，"老爸，你少喝一些吧！"

现在，一次次面对现实的无奈，我已学会了喝酒，快乐的时候，悲伤的时候，成功的时候，失败的时候……都会情不自禁地想起酒。

醉过，释放过。同时，也忏悔过，别去沾那东西了。

一天，我一个人晃荡在街上。看到那些板车夫在金滩的桥头下着"打三棋",期待着一笔生意,我又想起了父亲,此时的他,不也正在远方的工地上吗?可我,虽然参加了所谓的工作,却没有能力孝敬他。他在远方还好吗?刹那间又想起了多年前的事:为了给我们挣一点不高的学费,一次是脚被工地上的钉子刺穿了,一次是因为没有暂住证被当地派出所收容了半年,一次是四个多月的工钱全被老板卷跑了……

他的花发、背影以及熟悉的声音,似乎在一阵阵急促的脚步声中来到了我的眼前。

我悲伤着,又一次走进了酒吧。

那服务员是一名高中在校生,我问她:"你怎么不上课?"

她说:"家是农村的,没钱。"她又问我,"你怎么一个人来喝酒?"

"跟你一样,因为没钱。"我回答。

"没钱怎么喝酒啊!"

……

那服务员很漂亮,面带笑容。我知道她很悲伤。她也悄悄跟我说,某个夜晚,那个独眼老板强暴了她,之后,她就再也不想上课了,反正那独眼老板也还是单身。再后来,独眼老板也不太想让她走了。她还问:"你能帮我吗?"

我说:"帮什么?"

"让我逃离。"

"这我不能,要不送你一首诗吧!"

"诗?"

"酒/是你美丽可爱的眼泪/从瓶口/滴落到乡村靠近城市的酒杯。"

递给她,付了钱,我就离开了酒吧。直到今天,我才顿悟,这诗应该是为父亲而写的。

我 / 在 / 我 / 家

梧桐的记忆

> 梧桐更兼细雨
> 到黄昏,点点滴滴
> ——李清照

　　家门前有两棵梧桐树,那是父亲在建房后不久亲自栽的。
　　他说梧桐树长得快,要让它生长在屋边成为一段特殊的记忆。
　　梧桐树是长得快,同龄的两棵柏树只有小碗那么大,它们就有大碗那么大了。栽下梧桐的时候,父亲也并不是想引来什么金凤凰。母亲却说,梧桐板板轻,制成斛斗(收割粮食的器具)好上坡下坎。
　　还记得,故乡的夏天非常热,所以有时吃饭,父母就端着碗坐在梧桐树下的小石头上,悠然地品尝着简陋的美餐。间或,村上的婶子、阿姨来侃家常,她们也会坐在那里。清风徐徐,吹拂着宽阔的梧桐叶,让笑声也飘得很远很远。
　　秋天,梧桐的叶子就渐渐地黄,不停地落。母亲每天都清扫着它们,显得非常地厌烦,嘴里还不停地唠叨着,"栽他妈这些落叶树……"但想着过不了几年就可制成斛斗和风簸,气也就消了。回首之前的岁月,谷子黄在田里了只有等着别家收完了再去借,有时一场风雨,就白白地掉了许多,好可惜哦!

本来梧桐还要继续生长的。父亲说,让它继续吧,看到底会长多大。母亲说,砍了吧,一年老借人家的斛斗多不好意思啊。

母亲当家,话就管用。那年,两棵梧桐被砍掉了。

家里有了新斛斗、新风簸,我也很高兴。斛斗立放在哪里,就像一堵墙,可以挡风;平放下来,还可当成睡觉的床,两边还有棱,睡在上面也不会滚下地。风簸呢,则可当成一个玩具,此外,因那错综复杂的结构,还能吸引蜂儿来居住,久不使用了,得先摇摇"把手",要不,假如有一包蜂子在里面,它们就会气愤地跑出来蜇你。

20世纪90年代初,父亲从民办教师的岗位退下,去了广东打工。母亲一个人在家里,除了料理我们三姊妹的日常生活外,还要管那圈里的几头猪、几只羊以及那牛那猫那狗那鸡……

麦子收割的季节,要打田栽秧。有的年份,雨水少,是给钱也请不到人的。当时,母亲为了节约时间,就把金黄的麦穗割回家,放在堂屋里,白天做外面的事,夜晚才在微弱的煤油灯下,拿着一束束麦穗"咚——咚——"地在斛斗边沿敲打着。

不知不觉,母亲才听到对面的山谷传来"咚——咚——"的回声。她明白可能是夜已经很深了。一觉躺下,还没翻两转身，天就亮了。

曾经，母亲看见那梧桐，又知道它能做成斛斗，心里乐滋滋的。

孰知，斛斗成了她心坎里的一道痛。

如果说斛斗是离她近了，那父亲与她的客观距离的确远了。这些年，父亲一直在外，家里经常就她一个人。我猜想，她还是很怀念曾经看着父亲栽下梧桐树的那个情景的。

古人言：三十而立，四十不惑，五十而知天命。如今，母亲到了知天命的年纪。她没有走出过大山，想必也不会走出大山。就像那两棵梧桐，在大山里生长，而倒下后，又将自己奉献给了大山。

由于时代的原因，母亲没有文化。我坚信，尽管她没有文化，但是一定有像李清照期待丈夫赵明诚回家那样强烈的渴望父亲归家的情感，尽管她不能如才女发出"梧桐更兼细雨，到黄昏，点点滴滴"的感叹。

多年后，不仅是她，就算是我看到那架斛斗——用梧桐做成的斛斗时，也绝对是会滋生一种凄凉感的。

拜年

> 你的离去从我身上穿过
> 像线穿过针
> 我所做的一切都有它缝补的迹印
> ——W.S. 麦尔文

"初一是干儿子,初二是女婿,初三是……"村子里拜年是要讲究时日的。

5岁那年的正月初一,和煦的阳光洒满了每一寸土地,父母让我去给干爹拜年,心想在家也没什么好玩的,去又何妨,何况村里流行着这样一种风俗,自己也没去过他们家。

我穿着一件新棉衣,蹦蹦跳跳地跟随在父亲后面。第一次拜新年,充满了期待,快乐的心情总让人觉得时间过得过快。

没多久,一座瓦房出现在了眼前,爸爸说,马上就到了。

走到这座房子的门前,我失望了,或许不能叫失望,因为那时根本就不懂得失望的含义。那是一座木瓦结构的三柱二瓜的房子,新奇的是房子的周围全部用泥砖围着,长年累月,风雨吹打之后,感觉就像直接用泥土砌成的一样,如果没有瓦的遮盖，简直就像一个窑洞。

进屋的时刻，他们正在吃饭，一家五口紧紧团结在灶前的火坑边，十只眼睛聚精会神地盯着火炕上的鼎罐，似乎那里装满了金子，正考虑怎样把它掏出来。或许，那里面装的就是"金子"，一年三百六十五天，哪个不期待这么几个日子啊。

父亲与我的介入，打断了他们对美餐的期待，其实我们也很不情愿。干爹看着自己的干儿子来拜年了，不得不起身接待。他父母看着干孙子来了，也不得不喜笑颜开地放下了碗筷。

他妈妈的脸色非常苍白，曾听母亲说，是得了一种难以治愈的疾病。外面的阳光很灿烂，可惜她很久没去沐浴了，成天都蜷缩在屋里的火坑边，享受着木材带来的温暖。

临走时，他妈硬要给一截花甜粑。当时想，这就当城里人说的"压岁钱"吧，虽是很平常的礼物，我确实有一种想收下的念头。因为听大人们讲，别人给的压岁钱或者其他礼物，会给自己带来好运。可父亲说，这都是我们家当时做好了送给他们的，你要它干什么。因而，欲收下花甜粑的念头被父亲的一句话彻底扼杀了。

从这以后的第二年，无论父母怎么说，我都不愿去干爹家拜新年了。孩子的内心本很幼稚。可没有收到压岁钱的感觉好像给我了很多心理压力，堂哥们都说他们拜年得了好多压岁钱，得了好多衣物。我想，自己的干爹这么无能，给他拜年还有什么意义。况且他还是个单身汉，二十八九了还找不到老婆，如真跟着他，以后自己也如他一样找不到老婆就惨了。

多年后，想起这事觉得自己很不应该。穷人难道连感情都不能拥有吗？

那时我还在读高中，弟弟妹妹也都还在念书，家里实在是穷得叮当响，可每月自己100元的生活费父母总得准时给。

100元钱，对于城里人或许根本算不上什么，可有次母亲却为此跑遍了全村，说尽好话也还是没有人肯借给她。最后竟然是干爹借出了100元钱。

几年前，妈妈告诉我，干爹结婚了，形式为入赘，对象为一中年寡妇。

这么些年来，我几乎不在家，与干爹的"过继"或者说"保护"关系已基本变为了脑海深处的回忆，一声声"干爹"早脱离了词库。

一个人在小城，偶尔会想起那次拜年，总觉得它让自己深深认识了什么叫贫穷，或者说什么叫原始，什么叫乡村。

一年来，有好几位老乡都叮嘱我，"你来到了城市，可不能忘记了农村人的本色啊！"所谓农村人的本色，我想也就是淳朴、真实吧！

确实，乡村已如一位故人从我身上穿过，像那线穿过针，我所做的一切都有它缝补的迹印。

我/在/我/家

灯花

> 尘土归于尘土
> 我们也就死亡
> ——雪莱

家里的煤油灯燃着燃着，灯芯就红了。母亲说是灯花。灯花是不乱开的，长辈们说，进财人家的灯才会开花。就像火笑会有客人来一样，这是一个预兆。

有时，灯里的煤油燃完了，也不会见着灯花。那时的煤油珍贵，所以也难以见着灯花。记得有一次与父亲赶场，凭着供销社发放的定量煤油票排了很长的队，等了好久才兑买到两斤煤油。

那年头，我们家只有一盏灯，由一个墨水瓶和一块小铁皮、一根布灯芯组成。夜晚，要是一不小心把它绊倒，而家中又没煤油了，就只好去奶奶家借，等买了再还。倒霉的是，如果他们也没有，我们就只有"打黑摸"（方言。在黑夜里没有灯光凭着感觉做事）。

现在，如果要用数字来计算"打黑摸"的夜，肯定已无法弄清。但是永远无法忘记,冬天黑夜,全家人围着在火坑里燃烧的从山林里挖来的树蔸摆龙门阵,闪烁的火光比煤油灯还亮。

那时,他们经常谈起,有好几次,猪圈后面的山坡在夜晚开花,漫山遍野亮堂堂的,村里人叫"山花"。爷爷听祖辈们讲,"山花"一开,意味着村子里要出贵人。

1996年春,我正在念初三。一个周末,从镇中学回来,寨子上的人就说,这会儿肯定是要出贵人了,因为坡上的"山花"开了整整两夜。

后来,我向老师提起这个疑问,他说,可能是磷在夜晚发光吧!我说,磷发光怎么整个山都亮,那是不是有很多磷呢?如果是有很多,那地质学家怎么没来探测和采掘?

孩提时,村里的大人小娃都喜欢到传说"山花"常开的山坡放牛。村头的吴细妹有十八九岁,在农村是到了出嫁的年龄,可由于傻乎乎的,还没找到婆家,一天也就只有与我们一起放牛。她经常带着一双布鞋底去坡上纳针。吴细妹老实,每次我们都是"孃孃"地叫喊,让她顺便把我们的牛看着,自己则去藏猫猫,扮家家,拽"一往跪"……不管怎样,她都会看得好好的,回家之时,你只要说一声"麻烦"就够了。

后来,吴孃就无缘无故地失踪了,无论她的家人怎样求神算卦,也还是杳无音信。那段时间,她60来岁的老妈妈简直就像疯了一样,今天请这个阴阳先生推算,明天又去那里烧香拜佛，有的说在北方，有的说应该是在一个塘边……吴细妹不识字，没有文化，脑筋也有点不正常，要是被人拐卖去了外地，肯定是不会回来了。那时，寨子上的人都猜测，是哪个狼心狗肺的婆娘把吴细妹拐走了。

看着细妹妈妈六神无主，村里有人提醒，让她傍晚去"山花"常开的坡上烧纸。老人家想了又想，前些年，"山花"开了一场又一场，是不是就是一个不好的预兆。因而，她就照着别人提醒的，去那里烧纸，不管春夏秋冬，狂风暴雨，都坚持不懈。

自从吴妈妈在坡上烧起了纸，"山花"就再也没有开过，细妹不但没有回来，而且连她的一点消息也没有。

"山花"，贵人，细妹……似一个个传说，隐藏在故乡的山坡。

或许，"山花"是不会开了，"贵人"也不会出了，细妹也不在人世……但是，我还在期盼童话的复活。

木板上的文字

父亲远行之后,是三月的雪在飘洒
留下的一路相思,茫茫没有尽头
瞬间,也就是十年
他都在这样的雪后远行
十年,也就是瞬间
他的"白发"总是没有时间融化

父亲是高中毕业后担任猪场小学代课老师的。所谓"猪场"就是养猪的场子,后来集体下放土地,包产到户,便成了村小学。

我大概四五岁时,父亲一从学校回来,就带着几支粉笔,在家里的木板上写出汉字和数字,教我认。现在想来,有"金""木""水""火""土"等字。细心的父亲还要我分清"日"和"目"、"木"和"本"等之间的区别。还没进学校,我就认得了很多字,村里的娃子无人能比。

六岁,就要上学了,原计划是送我去猪场小学,由父亲带着。可这时他却因计划生育而"下课"了。于是,父亲便在家里办起了一个只有一年级的学校,招来了二十几名学生与我一道,不收学费,一学期交三十斤大米。接着,父亲自制了黑板等家什,让琅琅的读书声不断回响在寂静的山谷。

当时,家里没那么多桌椅,父亲就让每一位学生从自己家里搬来一张高板凳当课桌,搬一张矮板凳来坐。尽管是在家里,但我们学习非常认真。期末考试时,父亲去镇小学找来一张试卷,同样的试题,我们比镇上的学生都做得好,对此,父亲非常欣慰。

到了二年级,村民们都劝父亲把学校继续办下去。可他说,孩子大了,还是让他们去接受正规的教育吧。1988年秋,我还是进入猪场小学,开始了漫长的求学生涯。

离开了家,父亲担心我在学校闲逛,他又在卧室的墙壁上用油漆涂了一块黑板,每个夜晚,在煤油灯微弱的光线下教我写字,算加减乘除。

或许因受父亲的教导,之后的每一个暑假,我便去把下一年要学的课本全找来通看,等进入学校时,就非常轻松了。这种习惯一直保持到大学。

小学、初中都有假期作业,每次都是领成绩单时班主任把它们发下来,说:"你们要认真完成,如果没完成,下学期是不能报名的。"假期里,我会把家里所有的书一会儿搬到楼上,一会儿搬到楼下,时而放在这间屋里,时而放在那间屋里。今天把它们叠成一堆,明天又在房间的柱子间牵起几根麻绳,把书一本本地挂在上面,让自己畅游在理想的"书海"。

遗憾的是,那时家里没有太多的书供自己阅读。父亲那仅有的四本《中师函授写作教材》被我翻了好几遍,虽然那时不太能看懂,但部分外国人长长的名字却让我着迷。印象最深的是看到高尔基的简介,他的原名有十四个字(后来才知道这是音译)。还记得读他的《海燕》后,内心充满一种勇往直前的欲望。事后与父亲说,《海燕》怎么写得这么好,他说,"你在以后的生活中就要像海燕一样不畏艰难坎坷,知道吧!"

时间恍然而过,我已长大成人。面对纷繁复杂的现代社会,我并没有海燕那么坚强。每每悲伤、脆弱得欲流泪,那家里的黑板和父亲又会穿越时空的阻隔来到我身旁,鼓励我坚强。

父亲原来写着文字的木板肯定早已不在,可那文字本身却如父亲的容颜般永远镌刻在了我的心灵。

女疯子

> 结束了多年的流浪
> 我回到我童年的家
> 那模样我还是觉得陌生
> ——博尔赫斯

上小学时，从家到学校有很长一段路要走，其间，有好几个地方是我们最害怕的："万人坑"，传说那里曾活埋一万多人，附近没有人烟；刀头县，那里有一个女疯子……

那时，女疯子经常手拿一把刀子，在我们回家的路上舞来舞去。

据说，女疯子原本姓罗，初小文化，在农村算是有文化的女人，长得也有几分姿色。初嫁到陈家时，人人都称赞她是个好媳妇。

农村人评价媳妇不是光凭姿色的，还要看是否能干，能不能生儿子。

罗氏来陈家后，没多久就怀上了，婆婆妈很高兴自己将喜添孙子。

怀胎十月，罗氏生下了一女儿。对此，陈姓家族感到失望，如此好的媳妇怎不会生儿子呢。

第二年中元节，也就是七月十五，刀头县人民正欲大张旗鼓祭祀鬼神。一年一小祭祀，十年一大祭祀，按年轮，又是一个大祭之日。

那天，刀头县的天空没有一丝云彩，火辣辣的太阳似乎正在等待一场庆典。

时光已向下午偏临。

"杀人了！"寨子里顿时一片沸腾。

原来罗氏与婆婆妈发生矛盾而吵架争执，一气之下便拿着手中的菜刀割下了婆婆妈的头。争执的原因是她婆婆妈说她出去和别的男人鬼混而不能生儿子。

于是，罗氏丈夫的几兄弟二话没说便对她进行一顿毒打。五个小时后，她才从昏迷中醒来。醒来，也就疯疯癫癫的了。开始的日子，她就睡在山上的石洞里，生怕碰上那些毒打她的男人，只是晚上出来偷一点吃的，像野人一样。

多年后，罗氏因她而引祸上身的那个女儿也长大了。

不知为什么，那个女儿也像她妈妈一样疯了。

妈妈姓罗，女儿可姓陈。陈姓家族觉得这是一件耻辱，因此，小疯子便被她的父亲锁在屋里，不让她外出。

可能是被关押得太久的缘故，傻女儿随着时间的推移越来越傻。开始时她还可以自己吃饭、洗衣、上厕所，后来，她的屎尿都会屙在床上。没有办法,到了这个地步,父亲又嫌她太脏,干脆就把空闲的猪圈铺上一些稻草,把她关在里面。小女疯子觉得难受,有一天,就偷偷跑了出来,赤身裸体地在附近的村子里乱奔。

如此一来,她又被族人拉来毒打,不久,便死了。死的时候,只有她的疯子妈妈抱着她哭。

……

十多年过去,妈妈也老了,她在电话里总是说着故乡的闲事。刀头县又有几个女人为生下女儿而疯了。

重男轻女,封建思想观念还渗透在我们同胞的骨子里。

每次回家,看见那里的物,我都觉得熟悉,可一听着故乡的事,又觉得很陌生。

大花狗

> 我还不如一条疯狗
> 狗急它能跳出墙院
> 而我只能默默地忍受
> 我比疯狗有更多的辛酸
> ——食指

我们家那条大花狗死的时候,它并没有疯。可村里人都说它是疯了死的,对于此诬蔑,年幼的我痛心之外还是痛心。

还记得那是一个赶场天,父母都上街了,就我和小妹留在屋里。那年代,连玩具这个词都没有听说过,所以我们只能玩耍着用粘泥土制成的一些奇形怪状的东西,权且也称作"泥土玩具"吧。

太阳已开始偏西,父母也还没回家,突然,家里的大花狗开始乱叫了起来。这一叫,顿时打破了村子的平静。

大花狗从房屋的这头跑到那头,又从那头跑到这头。我和小妹哈哈大笑,只以为它也是难耐寂寞而想和我们做游戏。是的,它那高兴的样子,我们都是第一次见。它一下围绕着我的身子转，一下又围绕着小妹的身子转。

"这狗怎么了？"小妹问我。

"发疯了。"我脱口而出。

不一会儿，那狗的情绪似乎更加高涨，从在家里大吼大叫到跑去山野里呐喊。因而，那"汪汪汪……"的叫声便开始在猪圈背后的山湾里不停回响，回声从对面的山上传过来，愉悦中带着几丝凄凉。

渐渐地，那叫声停息了。

我和小妹也因此担心，我们家的大花狗到底怎么了，它会死吗？一种不祥的念头油然而生。

菜地里的鸡已开始鸣叫，应该是天快黑了。爸妈回来了，可大花狗一直都没有出来迎接，直到深夜。

第二天，母亲才发现大花狗死在了后山的麦地里。我去看的时候，它静静地躺立着，像在梦中一样，思索着什么。青青的麦芽在微风的吹拂下，一浪盖过一浪，似乎在奏着一曲无声的哀歌。

"把它抬去埋了。"我真诚地向妈妈建议。

她白了我一眼，然后就叫父亲拖回扔在了自家的茅厕里。有很久，我都不敢去那里方便。

之前，家里也养过许多只狗，可我觉得只它最通人性。父母说，那花狗是从三舅家弄来的。也怪了，后面三舅家的任何人来我们家，它都会摇尾相迎。夜晚，要是黄鼠狼来捉鸡，大花狗则会把其逮个正着。

当时，我们家门前30米处有一排李子树。夏日，李子成熟的时候，红通通的，挂满枝头，总要吸引不少路过的嘴馋的人，或者寨子上的一些放牛娃。这个季节，大花狗总是躲藏在那些草丛中，等人爬上树后，才去树下守候。有好几次，爬上树的人都不敢下来了，此时，家人又只好前去解围。

大伯家的二毛爱在我们家菜地里偷吃黄瓜。那个哥哥偷吃黄瓜也很有趣，他是直接在黄瓜藤上吃，今天吃了一半，而让另一半继续生长着，等着以后再去吃。恰巧有一次，他正在那里吃得津津有味，就被我们家的大花狗发现了，正当他准备迈出菜地时，大花狗早已做好准备，顺势一嘴咬在他的屁股上，搞得他哭笑不得。

……

关于大花狗的故事真是好多好多。

可惜，它已死去多年，我也无法准确忆起它的形象。只是在记忆深处，它长着一身白毛，有几处黑斑，高大威猛。

很多时候我都这样想：生长在这个时代，我们是幸运的，因为得到了许多。可失去的呢？会比得到的更多吗？随着岁月的流逝，这样的困扰愈发袭击着我。

压抑、苦闷、失望、愤怒、冲动……

总觉得这些是我们这种类型的人的共同特点。

生活在城市，梦幻在乡村，我们何尝不是一只在乡村走失了的狗呢?

不，有时我想，自己连狗都不如，因为自己还有更多更多的辛酸。

冲不掉的房子

谁此时没有房子,就不必建造
谁此时孤独,就永远孤独
就醒来,读书,写长长的信
在林荫路上不停地
徘徊,落叶纷飞
　　　　　——里尔克

念初中后,我便开始在学校寄宿,每星期回一次家。如果补课,那就只能两星期回一次。那是秋天一个周六的夜晚,一家人正沉浸在收获的美梦中,从学校回家的我更是如此,正在沉睡中恢复着自己的疲惫。

"毛,快走,后山要垮了。"母亲叫醒了我,还有妹妹。

窗外的雨声很大,以至于在屋里说话都听得不太清楚。下床后,我才知道屋子里全是水,像小溪一样流淌着。这是在做梦吗?我一直在怀疑。不,这就是事实。

鞋子早已不知被雨水冲到了哪里,一家人都只有光着脚凭着感觉尽快离开这个地方。爷爷家隔我们大概 30 米远,可当抵达他们屋子里时,我们全身已湿透。深秋的夜,大山里总是有几分凉意,何况滂沱大雨还在继续摧残着酣睡的村庄。我们在爷爷家的屋子里哆嗦着。

"房子肯定要被淹掉。"母亲抽泣着说。

奶奶用一根火柴点燃了黑夜。我看见了母亲的泪水,在眼角处跳舞。

接着,奶奶又用另一根火柴点燃了火塘里的一堆干草。我们围绕着火塘,让湿透的衣服吸收一点点能量。熊熊的火光与屋子外边的雨,都那样猛烈,我猜想,母亲的心跳,也应该是如此的猛烈吧!

没有钟表,我们都不知道到底过了多久。雨越来越小,火也还在快乐地欢笑着,我们身上的衣服也渐渐干了……

天什么时候亮呢?一家人只有在火塘边等待。

奶奶让母亲去睡,可母亲怎睡得着呢?那房子,万一被水冲走,或者被垮下的石头、泥土掩埋了,咋办呢?那是我们的家啊!人在最开心最悲痛的时候都容易幻想,要么把世界想得十全十美,要么把前方想得黯淡无光。一联系到雨中那些"啪啪——"的响声,母亲当然会联想到那是自家房子倒塌的声音。

女性总是很容易感性,而一般她们一旦产生某种不祥的预感,那就真的可能要出问题。像母亲对房子的感觉:水为什么会钻到屋子里来?屋后又是水田,要是水田一垮,石子泥土合力冲击,简陋的木房哪承受得了。

一切都在预料之中,不知有多少立方的泥土钻进了我们家堂屋和小妹睡的那一间屋子。事后,母亲总说,如果不是及时叫走小妹,她肯定……

看着那仅有的家被大自然侵略,我早已忘记上学读书的事。那一刻,欲哭无泪,只是好恨,恨上天的不公。

父亲不在家,母亲叫来了很多父老乡亲,他们说着这说着那。后来,镇里也派来了两个干部,据说是做民政工作的,他们可以发救济衣、救济粮。

那一天,奶奶给了六斤米,还炒了两罐酸萝卜,让我上学去。走在又湿又滑的小路上,我的眼前总是闪烁着那受伤的房子,"命,苦啊!"想着母亲总这样说。苦的滋味是什么,我终于明白了。

房子没有生命,它受伤了,会感觉到苦吗?我们就是它的生命。

学校的老师知道了,便组织同学们捐款,同时,还免除了我当年的学费。的确,学校、老师、同学的关怀已经很多了,可我总忍不住想起家中的房子。在教室里,"家中的房子怎么样了呢?"这个问题总容易在老师讲课时浮现在我的面前。

"给房子换一个屋基。"寨子上的叔叔伯伯们说。"把垮下的泥土清掉,把断掉的木料换了。"舅舅们又说,他们负责请人帮忙。母亲听着这些,事后感叹:真是"公说公有理,婆说婆有理",不知咋办才好。

后来，母亲还是听了舅舅们的话，请了很多人来把那些可恶的泥土清除了。当时，我在学校，等两个星期后回来，原来的家呈现在了眼前，只是板壁上到处显出黄泥淹没过的印迹。

　　无可否认，老家的木房，本身是很脆弱，很容易被自然灾害损伤的。但是，那木房给予我的成长的血液和营养却是冲不掉的，是永恒的。

　　十多年过去了，那堂屋后壁上的泥土印迹依然还在。每次回家，看着那些伤痛的记忆，我都会想起多年前的那个夜晚。偶尔，睡在小妹曾经睡过的房间，眼泪也会悄悄流下。

借米

记忆是堵沧桑的墙
很容易在我们翻越的瞬间垮掉
曾经的最美　脱掉外衣之后
剩下的躯壳
被一些疲惫不堪的砖石堆放着

"米掉了，米掉了……"我委屈地呼喊着。
"掉了好多？"父亲从猪圈背后跑出来焦急地问道。
"全掉了。"那种委屈令人极度痛心。
"全掉了。"小叔也随即从他屋里跑出来戏谑我。
那一锑瓢米是刚从小叔家借来的呀，是全家人的早饭米啊，被我不小心摔倒而全弄掉了，怎不伤心呢！
那年代，一到五六月，家里缺米是常事。时常，父母会叫我去奶奶家或小叔家借来几碗，等从别处借到了更多的再还。现在想来，那岂不就是"拆东墙，补西墙"。
记忆中，那些年青黄不接之时，都要去杨伯家借米。他们住在山脚的平坝上，下放土地时，田土分得好，所以粮食还是够吃的。

每当借到了米,父母总是感叹:远亲不如近邻啊!

杨伯家有一台半导体收音机。那时,只要和父亲去借米。杨伯就会讲述一些广播里面的故事,模仿那些搞笑的声音,偶尔,他也还会凭借那搞笑的声音创造出一系列动作。

当时,他家里还有很多连环画,有《水浒传》《杨家将》等。其小儿子拿出《杨家将》给我看,说他们是杨家将的后代,他们都会武功。年幼的我无知,也信以为真。更奇怪的是,我还问他们愿不愿意收我做徒弟。

借米生活的日子,感觉米总要吃得快一些。父母这样说,我也有这样的感觉。没多久,一箩筐米就从满箩筐到只剩一点点了。鉴于这种情况,父母便经常从屋前左右掰来几个刚成熟的苞谷,用苞谷籽和饭。开始吃几顿苞谷饭,感觉味道还可以,可是次数多了就渐渐有点厌烦。

记得有一次,父母都上山干农活去了,我在家里做饭,突然,沟那边的大伯娘笑嘻嘻地走进了家里。

"这么小也会煮饭啊!"她很惊奇地看着我。当时,我只比灶头略高一点,所以,便在灶背后放置了一张矮板凳,站在板凳上干这干那。

"有哪样事吗?"我问大伯娘。

"没什么事,好久没看见你妈了,想找她闲谈一下。"

不知不觉,锅里的饭就熟了,我便坐着什么也不做。

"小毛崽,怎不炒菜,是不是怕我吃你家的饭呀。"

我一下无话可说,或许,心里的确也有她说的那种想法。毕竟米是借来的呀,况且,借来的米总是吃得很快。

想了又想,还是说道:"平时,我煮饭不炒菜,而是等着父母回来炒。"自己并没有撒谎,这的确是事实。因为父母真是这样说的,菜要吃热的好。

左等右等,父母总是不回来。以前再晚,房子的影子到门前那棵柏树根时,他们都会回来。可那天,房子的影子也超过那棵柏树好远了。

到底怎么了。我一说,大伯娘也开始担心。

"去叫叫他们吧!"她说。

我去了,大伯娘也跟着去了。父母正在红苕地里争论。

"谁让你个野舅子煮面条不煮熟,让人吃了拉肚子。"母亲气愤地用手指着父亲的鼻子说。

"我还不是在拉。"父亲满脸的愧疚。

大伯娘劝说他们回了家。那天,是大伯娘给我们炒的菜。吃饭的时候,我只有一种念头,要是天天有米饭吃,父母哪会拉肚子呢?不拉肚子他们又怎会争吵呢?

饭后,大伯娘又去坡上挖了一些草药,熬汤给父母吃。

"妈,妈哟——"汤正要熬好的时候,她小女儿在沟那边叫了起来。

"哎——"

"我饿了。"

我顿然明白,大伯娘很有可能是来借早饭米的。

"你女儿还没饭吃啊!"母亲赶紧说道,"可惜饭已吃完了,要不然给她舀点去"。

大伯娘什么也没说,似乎要说的是说不完的伤心。

母亲撮了三碗米给她。她把装着米的布袋夹在臂下,头也不回地走了。

八月瓜

八月瓜

九月哑

十月打来诓娃娃

——思南民谣

一到秋天，收割完谷子后，最想做的事就是去坡上放牛，在刺笼子里找八月瓜了。最先知道八月瓜还是缘于"八月瓜，九月哑，十月打来诓娃娃"的民谣，当时，大一点的孩子总是诵着一些在我们听来很朗朗上口的像儿歌一样的段子，比如："我们两个好啊，上街买个表呀，刚刚八点钟，我是你老公公""拖拉机，哐啷啷，拖你妈去上贵阳……"等等。

开始，不知道八月瓜是什么。听了寨上的孩子们念过那段顺口溜后，我就回家问父母，他们才说那是一种很好吃的野生食物。

我们家住在半山坡的一个小湾湾里。正房的左边是猪圈，猪圈的背后是一个小坳口，小坳口那边是漫山遍野的灌木林。父母对我说，林子里就有很多八月瓜。

秋季，枫树、黄筋等树木的叶子便开始变黄、变红。偶尔，风儿掠过，红黄交加的叶子穿梭在松树与柏树之间，五颜六色的山湾像是在举行一场盛大的庆典。直到现在，我都还不清楚城里所燃放的礼花、所悬挂的彩旗是否就得益于秋天的乡村森林的启发，那是大自然所赐予我们的一幅美景啊！

那时，小姑还没出嫁，一到美丽的秋天，她就领着我去猪圈背后的山湾里找八月瓜。当时，一同去的还有大伯家三毛，小姑带着我们两个小侄儿东钻西窜，偶尔，会在一根小藤上发现一大群八月瓜，每当遇到这样的情况，大家总是笑得嘴都合不拢。当然有时转来转去大半天，连一个瓜也找不到。那段时日，孩子们想着的都是八月瓜，只要有空，都会抓紧时间像寻宝一样探找。

八月瓜的籽呈黑色，浆呈白色。吃当然就是吃那甜甜的白浆了。后来，我们干脆在春夏之交的时候跑去林子里看哪里有八月瓜，以便在其成熟的时候最先把它采摘。

记得一次，去山上放牛，牛跑了，去找，突然听到一阵声音，高兴死了，本以为是牛在附近，可一看，却是一群雀儿在抢八月瓜吃。三个大大的八月瓜可能是刚张开口吧，鸟儿们异常兴奋！人一去，雀儿们就飞了，摘下三个瓜，真的好心疼，要是早一点发现不就好了吗？看了又看，我还是把鸟儿吃过的那边用手指抠甩了，吃着它们没吃过的那部分。现在想来，那时还真够馋嘴的。

有的年份，不知是雨水不好还是怎么，八月瓜藤上结出的瓜甚少，而找的人又多。那样的秋天，绞尽脑汁也不会有什么收获。后来，小叔告诉我，在谷子收割完毕后，就去把八月瓜打来放在大柜子的谷子当中，过去十天半月，取出来同样可吃，同样美味。

第二年，我按他说的方法做了。家里的谷子一装进大柜，我就背着小布包找八月瓜去了。那年，很多同伴都以玩具来兑换我的八月瓜，当时，蛮有一种成就感，心想："他们咋就没我聪明呢？"

也就在那年冬天，小姑出嫁了。也不知哪样原因，我对八月瓜也似乎没有了那份特别的情感，甚至对自己亲手栽在屋门前的几株八月瓜藤也无心照料了，或许，是它几年来一直没有结瓜的缘故吧！

渐渐地长大，山湾的美景也似乎在消失。

初中、高中的时候，那里的八月瓜还结得好吗？寨子上的那些小娃们也如我们曾经那样馋嘴吗？

每次回家，都只能看看屋门前的那几株八月瓜藤，它们都是在我向往八月瓜那个年龄栽下的。父母说，它们从来不结瓜。

两年前小姑就已病倒在床。昔日时光，金黄的秋天，她引领我们在山湾里寻找那记忆中最美的八月瓜，她还记得吗？

无论世事怎样变化，直到死去，我都不会忘记：小姑把八月瓜掰开，给坐在坳口石头上的我和那个叫作三毛的堂哥吃。

苞谷地

月光拼命下沉
仅有的一滴眼泪
浸润着土地
母亲的一双手
挥动着世界
夜晚摇曳着苞谷秆
苞谷地沉睡了
渐渐成熟的苞谷
压得它再也没能够醒来

我们家的土主要在柏杨林和大湾。柏杨林的坡度大，夏季主要栽红苕；大湾那里坡度稍小一些，所以经常栽种苞谷。

平土不容易被山水袭击，栽种什么都会有好的收成。不知是出于什么原因，幼小的我比较偏爱大湾那块平土。

其实，那块平土也就仅比一间木房的屋基大一点。那个时候我们喜欢在那平坦的土地上进行一些与泥土有关的游戏。如：在上面修一条"公路"，从坎子上移一块方石头当作车子，嘴巴发出"嘟嘟"的声音;或者一群孩子在那里放牛,牛儿在林子里吃着草时,孩童们就搬来一块在那里打"一往跪"……

父母喜欢在那块土地上栽种苞谷。他们说,这里种的苞谷一般一根秆子上可结两个以上的苞谷。

就像老师对待学生一样,哪个成绩好一些就会有所偏爱,这是人的正常心理。或许是那块土地可多结一点苞谷,同时还能把它培育大一点,所以父母对那块平地也是情有独钟。每年,他们都会最先去那里除草、犁土。有时,正月十五大年一过,就拿着镰刀、锄头,牵着耕牛,背上铧口上山了;有时,也要等到二月初。

那块土的外坎有一棵松树。那些年,每次跟父母去那里,我都会爬上那棵松树,在那里叽叽喳喳的,像小鸟一样。母亲的责任一般是:用镰刀把那些被寒雪冻死的杂草割下,再用锄头把那些野草的根一同拔起,堆放到一起;等几天晒干后,用火柴点燃,一缕轻烟升起,那些曾经的绿一下就变为了肥料。父亲呢则是呼唤着让耕牛经过冬眠的土地,使它"脱胎换骨"。

那时,父母还喜欢带上点米酒和一瓶井水。在坡上累了,就用井水冲点米酒喝,既可充饥解渴,又可提神。春天的太阳不是很火辣,所以他们中午一般都不会回家休息。

有时,他们一直会忙到很晚才回家。每当遇到这样的情况,我总是会不停地唠叨,"我饿了,我饿了,要回去没有?"父母也总是回答:"等这点完了就回去。"这点,现在想来可真是个模糊的概念。偶尔，即使我放声大哭，他们也不理我。一个人哭久了，也觉得没什么劲，只好去玩自己的游戏。肚子饿，好像哭一下就没什么事了。现在想来，他们又何尝不是在为了家人的生活而忍饥挨饿呢？

　　回家后，大多就是煮点花田粑、绿豆粉之类的当晚饭。可我总感觉吃不饱，所以时不时也会发发小脾气。可父母怎么也不管，收拾好家务就上床睡觉去了，只对我说一句："我们一天太累了，要休息了。"

　　还记得有个夜晚，我不知是发什么脾气，就拼命地哭，时间大概超过1小时，父母真是气死了，就把我推出了大门外。我也不管它三七二十一，就只觉得哭也是种发泄，你们不管我，我就将哭进行到底。父母也有办法，就说人熊要来了。平时乡亲们经常对我们小孩讲述人熊的故事，说它会喝人的血。漆黑的夜，看着那些山、树的轮廓，联想到那些传说中的动物，便只好把哭声收得越来越小，而悄悄钻进了自己的房间。

　　第二天一觉醒来，又若无其事地跟随着他们上山。

　　有一年，那块平地里的苞谷长得非常好，从幼嫩的苗子到茁壮的苞谷秆，父母看在了眼里，笑在了心里。是的，夏季是苞谷成熟的季节，每一天，父母经过那里，都会情不自禁地去土里瞧瞧看看。毕竟，那是他们亲手培育出来的成果，就像自己的孩子一样。

　　可有一件事是父母怎么也没有想到的。就在不经意的一个夜晚，那块平土的苞谷全被人掰走了。那一刻，我的眼泪全退缩在了心灵的深处，父母一个春夏的劳动全白费了。母亲气愤，跑去那块土地大骂了一天，最后声音都沙哑了，父亲劝她莫骂了，苞谷都被强盗偷走了，骂还有什么用呢?

第二天，父母每晚轮流去那块土地守株待兔，看能不能捉到那个强盗，可强盗是聪明的，主人发现后他肯定不会再来了。

那一年以后的很长一段时间，只要一听人谈到苞谷，父母都会低下头，沉思着，默默无语。

因为上学，我离开故乡了。

如今，那块苞谷地还在，父母也还在继续耕种着那块苞谷地。当然，我也并没有忘记在城市耕种着关于那块苞谷地的记忆。

辑四 —— 乡里乡亲。

乏二

乏二是我的父亲。

妹还小的时候,一次和婆去赶场,在文家店街上鸡行那里突然哭了起来。婆问怎么回事,妹说有人在打二叔。二叔是我们从小对父亲的称呼。婆说没有啊,妹说明明听见有人在喊打乏二。婆说是人在喊打扒二(小偷)。

二叔高中毕业后,当上了村里的民办老师,后来因我的母亲生下弟弟而被开除了。记忆里,有两次跟着他去上课的印象。第一次,村小还没从堰塘沟搬到猪场。那时,学校坐落在沟边的一座小山丘上。葱郁的柏树之间夹着几间木房,木房里坐着很多我不认识的大哥哥大姐姐。二叔一下在这间房,一下又去那间房。他担负着几个年级的教学任务。那个下午,放学以后,我们没有径直回家,而是沿着学校对面的松林坡,翻过了几道山坳,最后,我才得知是二姨伯的兄弟家立房子,父亲是带着我去吃房子酒的。

第二次,二叔上课的村小已经迁至猪场。猪场,原来是集体养猪的场子,后来包产到户,便改成了小学。平时,我是很少跟着父亲去学校的。这一次,是因为母亲要走亲戚,我在家里无人照管，所以记忆更加深刻。那时，在学校里，只隐约记得很多学生叫父亲张老师，其他的细节大多已随岁月流逝而淡忘。

二叔是怎么没有教书的我已无法记清。只记得是一个秋天，大队里一个姓廖的干部带着一伙人来到我们家，说要赶我们的猪，牵我们的羊，还说要把父母亲拉去割了。或许是真的怕割吧，父母亲早已藏了，藏在哪里我是真的不清楚。以至于那些计划生育干部问我父母亲在哪里的时候，我只有一句不知道。

家门前的李子树已经开始落叶，叶子飘落在树下的石板上，我尽情地在那些石板上玩耍着，看蚂蚁如何在那些树叶间徘徊。一直等到天黑，父母亲都没有回来，那一伙干部就只好走了。

母亲抱着妹坐在椅子上，椅子的旁边是一棵很大的香椿树，我穿着灯草绒中山装依偎在母亲的身旁，双眼盯着手里的一件小玩意。这是稍大一些后从一张照片上看到的场景。在那张照片上，我还穿着皮鞋。

后来我问母亲，怎么现在没皮鞋穿了，母亲说，因为捡了一个小弟弟，父亲没教书了，没教书也就没工资买皮鞋了。

我们家的屋基地是外公看的，外公在当地是个有名的端公，是一个傩坛的掌坛师，因而会看点什么风水和命相。父亲立房子的时候，他便主动要求给我们家看一块风水宝地。

我们家屋后叫毛栗坡。小时候,一到秋天,大人细娃便去打毛栗。大人们拿着竹竿在树上乱打,我们小孩子则头顶着锑盆在树下抢个不停。而夜晚的毛栗坡,则充满着无限的神秘。小时哭,母亲说老虎要下坡了,我就不哭了。风大的时候,唔唔的声响总是在屋后不停回旋,那时,还真有一些害怕。

后来,总是有一些声音从毛栗坡响起。

"安小……"

"肯定是乏二回来了。"

父亲从代课教师的岗位退下后,便和寨子上的几个叔叔去都匀那边解板以维持生计。每次回家,他基本上都是晚上到达。一到毛栗坡,他就要喊母亲的名字。有时,一去几个月才回来。有时,一去十几天就回来了。

间隔时间短的时候,大多是没有什么活路可做。这种情况下,不但没有挣到钱,连路费都贴出去了。当时,我睡中间屋,父母睡里边屋,两个屋子用竹子制成的压二笆隔着,在这间屋子里说话,另外一间屋子里的人也听得清清楚楚。

二叔从外面回来,都会和母亲摆谈许久。内容大多是在路上遇见了什么人,这次打工的主人家怎么怎么的,还有从哪里坐什么车到哪里。一方面好像是在向我们传达外面的知识,同时又带着几分炫耀和自豪。

读二年级的时候,我已经去二姨妈家寄宿了。有一次,父亲回家,给我和小表姐每人买了一把黑色的自动伞。看着那把精致的折叠伞，我真想很快把它派上用场，可那几天，天空总是不落雨。每天早上起床的时候，我总是最先看看窗外的天空。最后，伞没用多久，坏了，我哭得很伤心。

一次，二叔是留着光头回来的，一回来就哭，他说是在广东被收容了，我相信这是绝对真实的。如果不是这样，他肯定要等头发长长了才回来。他说，是没暂住证才被收容的，在收容所里，可以告诉自己的亲朋好友，让别人拿钱去取。父亲不想连累任何人，心想，要收容就收容吧，死不成就行了。说到这些，母亲总是安慰他，人回来了就好。

那几年，寨子上的人都称乏二为广老板，也就是在广东挣钱的老板。

每当别人这样称呼他的时候，他总是很谦虚地说，什么老板哦。其实，父亲也还是有些自豪的，至少在当时，村里没有几个人出过远门。后来，寨子上的很多人都是他带着远去他乡的。

回到他教书的时代，他也并不逊色。他的学生有后来考上大学的，这在寨子里是少见的。那时，他有一块上海牌手表，以及一个我记不起是什么牌子的收音机。还有，父亲经常代表学校去思南县城开会，每次都带许多小礼物回来。有一对帐钩给我印象很深，把它挂在床前的帐顶上，两个小金钩可以把帐子钩向两边，钩边还有两个塑料制成的红色小旗，上面写着"人民优秀教师"几个字。

有时，我也为我有这样的一个父亲而感到幸福。

父亲在远方，母亲在家里拖着我们三兄妹。隔不了多久，母亲就说，昨晚梦见乏二了，明天赶场，要去看下有没有信来。这种时候，不论是天晴还是下雨，也不管有什么重要的活路，母亲都要抽点空去赶场。有时，梦就只是一个梦，但大多时候，梦也都会变成现实。

要是父亲有信来，母亲就会尽快回家，放下一切事情，请人把信的内容念给她听。如果我在家，她就叫我念给她听。念之前，她嘱咐，一定要一字不漏地念给她听。可父亲写的信，一开始就是什么"妻子、母亲我很想念你们啊"之类的话语，而这样的话语我又总是不好念出口。

因为父亲在外打工，家里在寨子上也较早地用上了收录机，正好那时村子也才刚通电，收录机买回来就天天响个不停。当时，我们和大伯家合不来，经常为一些鸡毛蒜皮的事吵过去吵过来。每当收录机里响起动听的声音，大伯、伯妈就要骂花鸡公，说这鬼东西不是偷来的就是抢来的。大伯、伯妈骂得越厉害，母亲就把收录机的声音开得越大。

当时，父亲在广东的一家工厂里认识了一个朋友。听他说，那个小伙子不错，非常精干，对人又有礼貌，但因家庭比较困难，想让二叔给他介绍个女朋友。二叔是个实在人，就把此事放在了心上。一次回家，他觉得白家的腊秀比较合适，便先向她的父母探听意见。起初，她父母觉得，好好的一个女儿，怎么要嫁到广东呢？可当腊秀知道此事后，她又觉得外面的世界神秘且充满诱惑。一家人左商量右商量，基本上同意了这门亲事，还叫广东的那个小伙子寄来了照片。对着那照片，一家人品头论足，说这说那，高兴与忧愁一道，伴随着阳光，从不同的角度照耀在他们的脸上。

后来，大伯、伯妈知道了此事，就跑去和腊秀的爹妈说，乏二是个人贩子，那收录机都是别人送的，让他们不要相信我父亲的话。腊秀一家人都没出过远门，被这一说唬住了，最后是怎么都不承认这门亲事了。父亲的那个朋友再三写信来说，他是如何如何的真诚，父亲也跟腊秀一家人说明了情况，说那朋友在广东那边，人本身是不错的，那边经济发达，他家庭贫穷了，想到我们这边来找一个，并且还分析了腊秀嫁去广东的好处与坏处。最终，这些话语都变成了废话。

最初，父亲在广东的工钱是七块钱一天包吃住，如果每天都有事情做，一个月就有两百多。除去一些必要的开支，每月怎么也还剩下一百多，积攒几个月，父亲就会用汇票的形式把他的血汗钱寄回家。

后来我上了初中，一年除了过年的时候能见到父亲外，几乎就再也没有什么机会了。在学校里，偶尔能收到父亲的信件，信里总是说我们无论如何也要读书，要读出去才有机会。不知咋的，那段时日，也特别想念父亲，总是担心他在外面会不会有什么事情。昔日的那些场景，总是一幕幕地浮现在眼前。

小时候赶场，最喜欢跟在父亲后面，一路听着他讲故事。他一与人打招呼，我就要问那人是谁；他一去一个陌生的地方，我就要问那里的地名。一次赶场，根据母亲的安排，我们的主要任务就是买煤油。父亲在供销社的窗口前排着队，我就像尾巴一样跟随在他的后面，他一只手捏着两张折叠得快要断掉的煤油票，一只手提着黑黑的煤油瓶，眼看太阳就要从乌江的那边落山了，前面还排着长长的队伍，他脸上显得万分焦急。还有一次赶场，似乎有点醉酒了，他就到一认识的人家去，说是有一点事，叫我在街上耍到等。我左等右等，就是不见父亲出来。到底是怎么了？我的内心掀起了一阵又一阵涟漪。可我又不敢进那人家的屋里去询问，因为他们不认识我，我是农村的孩子，他们是街上的，万一挨骂了怎么办。最后，我就决定死等。等待的时候，别人都总用异样的目光看着我，管他们怎么看，我就死死地站在那里。幼稚的我认为，父亲从哪个门口进去的，他就一定会从哪个门口出来。当父亲从我身后拍我肩膀的时候，我除了惊讶便是好奇，他是何时从这个门口出来的呢？原来他已和他的朋友从另外一个门口下乌江河钓鱼去了。赶场的人已散尽，他的朋友也没有叫他一起吃饭，我们就饿着肚皮回家了。

　　父亲赶场，最喜欢的就是喝摊子酒。安驼子是母亲们安家认的亲戚，按辈分，我们要叫安驼子嘎公。赶场天，安驼子店里的长凳上总是坐满了形形色色的人。先坐着一个，来了一个认识的，就叫来坐在一起，叫驼子嘎公从柜台上拿一两酒来。酒一下，用手把嘴巴一抹，有的还要吐出两口口水，嘴巴再乜一乜，眼睛眨几眨，很开心的样子呈现在他们的脸上，渐渐地，彼此的话语也开始多了起来。接着又来了一个熟识的人，又喊驼子嘎公来一两，几人按照这样的程序又来一遍，结果不是你醉就是我醉了。

二叔最擅长木工，也就是在建筑工地上装木。在一次装木中，他的左脚一不小心踩在一块有钉子的木板上，钉子直接进入了他的脚心，当把钉子从里面抽出来的时候，他昏了过去。这是多年以后和他一起装木的满姑爷告诉我的。满姑爷还说，脚一刚刚好，他又上班去了。

那是我读大二的暑假，一方面想去广东打工，一方面想去做一个关于农民工的调查，同时去看望一下父亲。刚到广东的时候，因没有找到什么合适的工作，便与父亲挤到一张单人床上。夏日的广东，蚊虫特别多，每天起来，我便看见父亲挨着蚊帐的那一边肩膀被蚊虫叮得红红的，那种滋味特别难受。还有，父亲一加班，厂里就要发一包方便面，其市场价不超过一元，但父亲每次都会把这方便面让给我吃，我不吃，他也不吃。

偶尔，他要和我一起回味曾经的那些岁月。小弟出生后，我们一家五口人，但只有三个人的地方。况且我们家的地方都不够好，再加上父亲打的田总是漏水，所以一年的粮食总是不够吃。每年五六月，就是青黄不接的时节。麦子收成好的时候，大部分靠吃面条和麦汤粑度过。如果麦子的收成也不好，就只有去借了。那时，父母亲都总是感叹，借来的谷子总是吃得快。这种情况下，煮饭时总是要混着苞谷豆或苞谷沙。

印象里，父亲最爱去杨伯家借米了。一次，他高兴地挑着一挑谷子一闪一闪地进屋，汗水像雨一样从他的脸上滴落，但他却异常地高兴。父亲说，杨伯说了，他家屋基都是我们家换给他的，就是这屋基好，年年不少吃不少穿，当然不会忘记我们了。

那个场景不知是梦还是事实，因为我太小而只有一种模糊的轮廓。河沟对面的伍文德家与我们家吵架，那一家人真是欺人太甚了，竟然跑到我们家院坝里准备决一死战。父亲当时把我关在了屋里，他们在院坝里大动起来，打得爹啊妈啊地惨叫，那声音估计应该来自对方，因为自此之后那人再也没有上门来吵闹了。当时，我只能从压二笆的空隙中看个大概。

还有一次，是新发叔给他爹整生酒。父亲与寨子上的长新二伯吵闹了起来。父亲脾气臭，拖起板凳就要向人家摔去，旁边的我非常着急。长新二伯家还有两个儿子在那里啊，他们都身强力壮，要是都帮忙怎么办啊，父亲可不要吃大亏嘛。

下放土地时，我们家的承包林分在毛栗坡上面的大高山，隔我们家相对较远，在屋前屋后根本无法知晓山林里的一切动静。冬天，是偷柴的黄金季节。农闲了，天气也冷了，红白喜事也多了，人们都没有足够的时间去照顾自己的林地。我们的林地因为与另外的寨子隔得近，林地里的树木经常被偷。父亲非常气愤，一有时间他就去躲在林地里，那些来偷柴的，正好被逮个正着。那年月，看着他收来的那些刀子与斧头，真有一种成就感。

我念高二的寒假回家，得了一场重病，发高烧，三天三夜都没有减退。当时，家里实在是连买药的钱都没有了，以为是感冒，就没有管它，可情况越来越糟。到了第四天的夜晚，我的肚子又疼得特别厉害，这下把二叔急死了。此时，他喊来寨子上的土医生，说要吃什么灰水。深更半夜的，他又上山去砍指定的树木，烧成灰，兑水给我喝。喝了几大碗灰水，稍好一点不久，肚子又开始疼了。好不容易才熬到了天亮。

最后他认为，这样拖下去实在是不行了。父亲决定背一截，再让我走一截，去满姑爷的父亲那里去输液观察一下。两三公里的路程，我们走了许久，输液过后，我渐渐地苏醒了，肚子也不疼了，父亲勉强地笑了。

那天，二叔和满姑爷又喝了几杯酒。

事后，父亲和文家店街上的一个好友把打工的目的地选在了铜仁。事情是这样的，那好友也姓张，曾经为了子女读书在广东打工，因身体单薄而没有人肯带他，只有我父亲肯带着他。后来，他的大女婿在铜仁承包了许多工程，他便邀请我父亲一道在铜仁打工，并且说为了感激父亲，要给他介绍一些清闲的活路做。父亲想，再过一年多点我就要高中毕业了，在近处做活路也有好处。

高考的前几天，父亲和他的那位朋友特意从铜仁前往思南看望我，叮嘱我要好好高考。那天，那位张叔送了五十元钱给我，这是我迄至当时收到的最大的一笔由别人赠送的零用钱。

后来我上武汉念大学的时候，那位张叔的女儿也带来了百元钱作为礼物。父亲坐从铜仁回思南的中巴车，因在中途上厕所的时间有点久，那中巴车也没注意就开走了。真是吓死父亲了，那车子的包里是辛辛苦苦挣来的血汗钱啊。后来使劲地跑啊跑，因为车子是上坡，他抄近路才赶上了中巴车，否则，我们一家人不知又要痛苦到什么地步。

几年前的一天，父亲从工地上打来电话，说自己的身体不舒服，不想吃饭，脸部还有些浮肿。我叫他赶紧回家就诊，结果是高血压心衰。这样一来，他爱好的烟与酒便与他隔离了。开始的时候他很不习惯，总是偷偷地背着我们吃，有几次被我发现，我只对他说，身体是自己的。他病后的一个春节，我们去舅舅家拜年，一个表兄给他斟了一小碗酒，他还真的想喝，我抬起就喝了。

乏二是我的父亲，他依然还在和以前一样生活着，在建筑工地上奔波忙碌。不同的是，现在白酒他的确一点也不喝了，还有就是包里多了几颗药。

一些远去的声音

"二毛……"

"哎,老子回来了……"

"三毛……"

"哎,老子回来了……"

……

那时大伯还是个木匠,每次做活回家,都要在轿子坟或暗洞那两个可以让我们整个大湾都能听得见他声音的地方呼喊。他的声音清澈洪亮,每次都能在山谷里响起声声回音。

一般来说,他声音响起的时刻,夜幕都已经降临。黑夜里似乎只有路的身影还清晰可见。寂静的山湾,他的声音总能让似乎静止的空气顿时沸腾。时间长了,便能从他的声调里分辨出其情感状态。声音高亢激扬的时候,肯定是领到了一笔在当时看来还算是不菲的工资,或者是哪家主人好心又送给了他什么礼物;声音疲惫悠长的时候,要么是在哪里喝醉了酒,要么便是又与哪个师傅或徒弟闹嘴了,而致使心里异常难过……

很多次,我们都是在这种声音的陪伴下躺在板凳上,在院坝里数着天上的星星,仰望着天上的月亮,或者细数着有多少架飞机、有多少颗人造卫星从我们的头顶飞过。也有很多次，我们正是在这种声音的陪伴下开始了我们孩子的活动："鸡打架"、丢沙包、"打羊转"。当然也有很多次，我们已经进入梦乡，没有听见他的声音。

要说为什么对他的声音记忆犹新，那是因为当时我们两家闹架，相互之间没有说话，脑海里对大伯这人的相貌基本没有什么印象，而只储存着他的声音。那年月，在农村，为点鸡毛蒜皮的事吵架的现象随处可见。说实话，和他们家到底是为什么吵架，我全然不知，因为从我懂事起，两家就一直在吵，一直吵到我后来上了大学。

或许是身为老大的缘故吧，大伯从来就好强，当然这只是我的猜想。因为在那个年代，和他们吵架的亲戚不只有我们家，我的两个姑姑家也在和他吵闹的范围之内。俗话说，清官难断家务事。是的，记忆中的吵闹岁月，我们两家也曾多次寻求当地有威望的人前往协调，但最终都不了了之。这样的事，连爷爷奶奶也没有办法，可以说，这也是他们心中无法抹去的一道痛。

大伯最喜欢说蹊跷话，农村人叫"骂花鸡公"。特别是他醉酒以后，就喜欢一个人在自己的院坝里，把自己吃饭的嘴变成高音喇叭，播放着自己心中的不悦。他对谁有什么不满、对谁有什么猜疑，都会在这种时刻一一地罗列出来。有时，他觉得坐在院坝里骂得不过瘾，还要走上屋前的大路，从路的这头骂到那头。偶尔，骂的声音还带着点怪里怪气的曲调，如果不从内容上来斟酌，仿佛还是一曲动听的山歌。

那是小叔后来给我讲的一个故事。当年，大伯跟伯妈吵架，气愤至极意欲离家出走，他叫来三个儿子，命令他们在自家的中堂给老祖宗磕三个头，后与他一同外出，最后没走多远，便又回来了。

对故乡的记忆，似乎随着年龄的增长而逐渐淡忘。但有一些细节，似乎注定要带进坟墓。脑海深处，父亲与大伯打过两次架：一次是在一水田里，胜负我无从知道，年幼的我哪敢前往观战；一次是在一周姓人家，两人不知为什么突然之间就大动干戈了，几经好心人相劝才停歇下来，最后以两个堂哥把大伯接回家而结束。

一股打工潮兴起，因为家庭经济拮据，我们姊妹上学差钱，父亲去了广东打工。同时，我也因为上学而渐渐远离了那片故土。而那片故土的琐事，也渐渐逃离了我的脑海。当然，大伯的那些声音，也悄然间从我的生活中离去。

后来，大伯也远去了广东。那时，他已经五十多岁了。

听说，大伯和大伯妈是在那里捡垃圾，收废铁，几年下来，也还挣了一点钱。我知道，那点钱，虽然对于城里人算不了什么，可对于50多岁的老人家，那可是他们从来不敢想象的。

在广东，大伯依然喝酒，每天工作的时候，兜里都揣着一个酒瓶瓶，想喝的时候又拿出来吮一口。这时，大伯吵架的对象就只有伯妈了。无数次的吵闹，无数次的醉酒，无数次的伤痛，似乎一切都留给了远方。

大概是2005年春节吧，一大家人又和好相处。当时，与大伯同桌而饮，他用沙哑的声音劝告我，说要好好地孝敬父母，他们为我上学付出了太多太多。他的表情与神态似乎在告诉我，他们曾经的吵闹完全是在梦中。当时我就在想，岁月总是让我们忘记那些应该忘记的事物，也总是让我们记住那些该记住的事物。

去年，大伯再次回家，目的是为自己的小儿子办婚事。据说，就是他小儿子要结婚的那几天，他还天天喝酒，天天"骂花鸡公"。

谁也不曾料到，就在他小儿子举行婚礼的那个夜晚，大伯死了。

当我回到老家的时候，其他的亲人基本上也都到了。那一幕悲痛的感觉，令人无限惆怅。除了爷爷之外，他是我们一大家人里第二个走的人。一家人都在痛苦之中，最难过的是奶奶，每次见着大伯的遗容，她就痛哭流泪。特别是那一声声凄楚的铙钹声，恰如一把把尖刀绞割着她的内心，而致使她全身的肌肉变形，毕竟，那是她身上掉下的一块肉啊！

人们都说，亲兄弟打破脑壳都能镶好。从大伯的葬礼上，我更加深刻地明白了这个道理。所有的恩恩怨怨，在死亡面前都变得异常脆弱，而所有的亲情，也在死亡面前变得更加稳固。

最让我难忘的是,埋葬他的那个早晨,我堂哥抬着他的灵牌走在最前面,我手持羽王幡紧随其后。

"起,起……"

灵轿出发了,一声声鞭炮声,夹杂着一阵阵哭声,我们在那条前一个晚上踩好的山间小路上不断前进。凑巧的是,这条路正好是他曾经走得最多的一条路,也是他曾经时常在这里呼唤几个儿子的名字的路。如果说人生真的有什么轮回,我觉得这就是大伯的轮回。

再次回到故乡,那片熟悉的土地除了多了一座坟冢,什么都没有变化。当然,大伯的声音已远去。说实话,在那样的情景之中,好想从那些连绵的山川里搜寻一点点他的回音。

梦想,是一些远去了的故事,也是一些远去了的声音。

把故事讲到天明

小时候,最喜欢的事就是夏日的夜晚听家人在院坝里讲故事,老家人叫摆龙门阵。虽然不能完全听懂,但是总觉得这宁静的夜晚多了一些或是给人以憧憬或是让人产生恐怖的声音,潜意识里总觉得这些故事给我们这群小孩带来了一种不同的成长力量。

奶奶喜欢摇着蒲扇,哪怕在凉风的驱赶下已经没有多少蚊子了。她总是说父亲不是她生的,包括大伯和大孃,那意思就是说她不是我的亲奶奶,我也不是她的亲孙孙。"你为什么又对我们这么好?"在我的疑惑中,她又继续说,"你的奶奶原本姓郑,后面去世了,她是寨上某某伯妈的亲孃孃"。说来也怪,寨上那伯妈每次碰见奶奶都是孃孃孃孃地叫,叫爷爷也是姑爷姑爷地叫,十分殷勤。为这事,我还真烦恼了很久。后来,听家人说,爷爷确实也说过那么一门亲事,不过那人还没过门就去世了。

在院坝里摆龙门阵,是不用点灯的,那时没有电,照的都是煤油灯。煤油灯多少钱一斤,现在也无法记清了,但是可以肯定的是那年代有钱也不一定能买到煤油,需要凭票购买,煤油的珍贵可想而知。一家人晚饭后，没什么特别的事几乎很少点灯，大部分时间都是趁天黑之前吃完晚饭，冬天就围在火坑边，以火光照明，夏天就搬几张凳子在院坝，以月光和星光照明。

上学时，就得趁天黑之前把作业做完，尽量不用煤油灯，年幼的我好像还有那么一点点懂事，当然，这是王婆卖瓜——自卖自夸了。煤油灯一般用墨水瓶和几块烂铁皮、布条做成，把烂铁皮卷成筷子大小的直筒当成灯管，把一块吸油性较强的旧布撕成布条穿在灯管中作为灯芯，有条件时还用一个圆形的铁皮戳开一个小孔后套在灯管上，再把穿上灯芯的灯管放在墨水瓶里，倒入煤油即可。

偶尔，家里也会来客。这时，无论如何也得把灯点上，这也可是"面子"上的事啊。有时看着大人们聊个没完没了，那墨水瓶的煤油就像即将干旱的湖泊，煤油很快就越来越少。看着那逐渐减少的煤油，有时心也会随之下沉，间或还有点疼痛之感，因此，偶尔我也会借故把灯吹灭。

所以，我特别喜欢有星星或月亮的夜晚，一来可以不用煤油灯，二来星星或者月光的亮度有时并不比煤油灯差。当一群孩子集聚的时候，是多么地希望大人把故事讲到天明，因为我们可以无休止地玩耍游戏，这样的夜晚，才是我们孩子的天堂。

我们寨子是20世纪90年代初通电的，那时我刚读初中。

隐隐约约记得,每家每户要交五百块钱,这么大的一笔数目,父母可是算了又算。最初,父母就不同意交这笔钱,那结果肯定就是用不了电。没过多久,有人听说父母不同意,原本同意的一家也不同意了。这可扰乱了原来的计划。村里的人又来给父亲做工作,最后是怎样东拼西凑凑齐了五百块钱,我不得而知。

通电后的一个时期,一家人没事时还是喜欢在院坝里,因为在屋里开着电灯需要支付电费。电费一月算下来可能就几块钱,但对农村的人家来说也是一笔不小的开支,以至于有时明明有电还点着煤油灯,因为随着电的普及,煤油就越来越便宜了。

后来,家里买了第一台电饭锅,第一台收录机……这时,母亲已经很少唠叨电费的多少了,或许是因为父亲在广东的收入比原来好多了,当然,这只是我的猜测。也或许,还有一点就是母亲也觉得家里能拥有这样一些东西是比较自豪的事情,毕竟寨子里能买上电器的人家还不多。

不知是因为随着我们几个孩子的成长导致生活压力不断加大,还是因为我逐渐成长进入叛逆的青春期,我与母亲的交流越来越少,每次回家,总是把自己关在屋里,或者到山上干点闲事,在夜晚,更是几乎没有时间或者心情静静地听她摆龙门阵了。

反而是奶奶每次见我回家,都要来问这问那,返老还童,难道就是这样吗?一次准备去上学的时候,奶奶跟我走了许久,也说了很多话,如果要让我回忆她讲的什么,那真的是一点点都已经记不起了。但有一个细节却至今难忘,就是走到一个叫三隍庙的地方,她硬塞给我十块钱,说是鸡下了蛋卖的钱,并叮嘱我一定要好好读书。那一刻,我是真的流下了眼泪。远望着对面的大山,真的不知道,奶奶的内心里还隐藏着什么故事需要诉说,看着她返家时蹒跚的脚步,觉得这十块钱比眼前所有的石头都还要沉重,我努力地控制住自己虚软的脚步。

工作后每次回家,都要给奶奶买一点她喜欢吃的东西,不是柑子就是白糖。随着年龄的增长,她的意识虽然依然清醒,但那种孤独感却越来越浓烈,很多时候,不只是我,其他人去看望的时候,她都会情不自禁地流泪。也不怪,九十几岁的人了,没有人陪伴,没有倾诉的对象。因为我们都没有老过,不理解她的内心,担忧和孤独的缘由到底是什么?

最终,奶奶还是离开了我们。她的身体已经不能等待,就算我们倾尽所有的热爱。人终究是要孤独的,还记得女儿刚出生时我带她回老家,奶奶无论如何也要抱抱这唯一的曾孙女。虽然女儿还不会说话,但从她们偶尔相遇的眼神中,我看见了一种默契。在奶奶的心里,一定有着某种默默的期许。

回到她去世的正月,明亮的电灯照亮老屋的每一个房间,当一大家人都不再缺少那么一点点电费的时候,她已经永远地躺下了。几个孙子围在她的周围,再冷再深的夜,我们都不再害怕。我们静静地一言不语,似乎相信,奶奶在天堂还会给我们讲一遍她的故事。

这时的煤油灯只是在她的脚下燃烧着，为什么？我也不清楚。总之，不能停，如果她能醒来，可能还会骂大家浪费呢，这只是我的猜想。其实，煤油灯的灯光已经被明亮的电灯灯光替代，没有一点存在感，但是，这微弱的灯光却即将带着她进入另一个世界。此时此刻，她在幸福的路上奔跑、欢笑，只是我们不能看见、听见。我们仿佛还在童年的时光里，把电灯光当成了星光，聆听着夜晚的一切。

如今，奶奶是不能看见了，不仅是修到了家门口的公路，还有那一盏盏崭新的太阳能路灯。正在逐渐老去的母亲也说，这个社会真是太好了。

该怎样去告诉奶奶这样一些变化？用一个梦，怎么样？把我放入一个长长的梦里，去告诉奶奶，"路灯在夜晚可以不灭，你可以继续讲我这个孙子感兴趣的事，不过我的兴趣已经发生了变化，关于父亲的亲生与否已经得到了答案，现在我想知道的是，你到底瘦了多少，是否已经习惯了泥土的味道，那些啃食你的昆虫你都能感觉得到吗？"这是否太恐怖了一点？不行，我要换一种方式，用几句话来描述我的现在，反过来给她讲故事："奶奶，在时代的巨轮上，我住进了新房，也买了新车，还生了二孩，你又多了一个活泼可爱的小曾孙，你可以再笑一次了。你当初塞到我手中的十元钱，已经像魔术一样，变多了好多好多。尽管知道你已经不能听见了，但我还是要诉说，因为我相信,有一次你被风吹走的耳朵恰好能够听见。"

从煤油灯到电灯再到路灯,何尝不是一段精彩绝伦的故事,在一盏路灯下可以讲到天明的故事。

母亲的味道

根据推算,大约是一九八〇年七八月份,我就在母亲的肚子里了。从那时开始,一个小小的我就已经开始适应一个人的味道,那就是母亲的味道,当然,这是一种本能感触且愈发不能忘记的特殊的生命之味。

褓褓之中的我,究竟是一个怎样的孩童,只能从亲人后来的零星描述中了解一点点。已经不能准确地追溯自己最早的记忆了,这或许是所有灵长类动物对自己幼年时代进行回忆时共同的苦楚。

父亲排行老二,寨子上大部分他的侄儿辈都叫其二叔,叫母亲二娘,我也跟着喊母亲二娘,她始终没有纠正,直到如今。后来听父母说起,我该断奶的时候,母亲只用一句"打野猫去了",一会儿就哄我睡着了。小时在院子里玩耍,只要遇见鸡毛,我就大哭,开始父母都不知道为啥,时间久了,他们也知道了缘由所在。儿时,一不注意就要挨打,偶尔几天没挨打了,我就数着手指自言自语,"今天终于没有挨母亲打了"。

这样一些小事趣事,蕴含着母亲在我心中最早的印象。也是这样一些在生活中发生的小事趣事,成为在那个岁月充斥在我们家庭中的特有的乐趣与味道。也是这些特有的细节，为那时的母亲串成了一串幸福的项链，她时常把其挂在自己心中，以便在劳作的田间，在外公家的老屋，在拥挤的场镇……她都能触摸到一个无形的影子。有时我也会化作一团泪水，从她眼皮底下钻入，她只能强忍着内心的煎熬，容忍着我淘气的瞬间，默念着，谁让这是自己的孩子。

慢慢长大，感觉母亲勤劳地抚育着我们兄妹，不论白天黑夜，都在田土间挥舞着锄头镰刀，用最原始的刀耕火种的方式种下了一年年的期盼与微笑。

外面有什么好吃的母亲要给我们带回来，家里有什么好吃的都要给我们留下，有时也想着法子自己动手做一些美食。记忆已有一些模糊，那时母亲应是怀着弟弟，她端着一碗茶油稀饭坐在门口，我和妹妹分别坐在两张小板凳上，母亲左一口右一口分别喂我们，西去的阳光穿过房前的香椿，落在她脸上，她的笑容无比灿烂。

这样的茶油稀饭母亲也很喜欢。先把猪油放在锅里热化，把茶叶放进去炒，茶叶炒红后，再加一瓢水，最后把煮熟的米饭放进去煎煮。最后煎煮出来的茶油稀饭又红又香又可口。这是记忆中母亲最拿手的一道美味了。时至今日，也有很多年没有品尝过母亲做的这道美食了。

母亲最爱讲述她在三星修水库的事，那是她青春岁月里最美好的一段时光。当时土地还没有包产到户，做农活是以集体为单位,个人以工分计,再以工分领取口粮。在三星的工地上,母亲负责煮饭,具体一天挣几工分她已记不清楚,但负责管理的同志对她很好,因为都姓安。

三星水库最初以灌溉为主,涵盖了当时文家店老区的大部分村,母亲当姑娘时所在的过天村,嫁给父亲后所在的堰塘村,都在其范围之内。遗憾的是,土地承包到户了,我们家只有一块不到一亩的小田能享受到三星水库之水的滋润。每到夏旱之际,每家每户都要派出劳力去清理水沟,有时还要排着轮子连夜守候,否则邻村或别寨的人就会抢先把水放了。如今,由于退耕还林政策的实施,一小部分农田已经成林,再加上城镇化政策的推进,大部分农村居民都已经进城务工并在城镇居住,种田的农户已经越来越少。加之农村产业结构的调整优化,以及水源条件的改善,三星水库的灌溉功能已经逐渐退出历史。

记得刚参加工作不久,曾给建设银行铜仁分行写行史,在查阅资料时,一看到三星水库,我就觉得特别亲切。三星水库的建设资金,当年就是从建设银行贷款解决的,只可惜这个具体金额如今已无法记起。

历史也并没有把三星水库忘记。前几年,在脱贫攻坚政策的支持下,三星水库又成了人饮的重要水源点,而且涵盖了文家店、三道水、瓮溪、塘头等地,涵盖思南县河东的大部分地区。如今,老家的自来水就来自三星水库。真不知道,母亲喝着源自三星水库的自来水时,是否会回忆起那段属于她的时光,是否能够从一滴水里再现那段属于自己的故事。

母亲是一名农村妇女,可能她没有那么多愁善感。她只关心她饲养的猪牛,关心正在成长的孙子、孙女。她只能用她一如既往的善良,关心着黑夜后的乡村来年是否风调雨顺。

有一年,母亲去寨上一小作坊做面条。面条机半自动化,机子虽有师傅操作,但还得自己帮忙。不知是什么事让她走了神,母亲一只手被卷进了机子里,按她自己的说法,幸亏反应快,要不然一辈子就做不成吃的了。但手还是受了严重的伤,一两个月后才好。那时我还在念初中,是周末放学回来才听她说起这事,她说起这事的时候,我心里特别恐惧,尽力去想小作坊的场景,想她的手怎么被卷进去,想她怎么坚强地熬过来,想着想着,眼泪就情不自禁地流。如果母亲的手真的没有了,我们兄妹该怎么办?如今想来,她应是修了几辈子的福,才有如此善报。

我工作后,母亲先后得了两场重病。先是腰椎间盘突出,而且压迫到了神经,不做手术就要瘫痪。可到做手术时,她的血糖一直高到二十几降不下来,又等降血糖降了近一个月才做好了腰椎手术。好了一两年,家里突然打电话来,说母亲眼睛看不见了。后来检查是重症肌无力。在铜仁市医院待了很久,没有明显好转,医生说不医了,最好转往重庆。但我对转往重庆并不看好,因为我知道的有三个熟悉的病人都是转往重庆后去世的,心里总有一种不祥的预感。

从医院出来，我让爱人带着她去了梵净山和凤凰古城，她心里极不舒服，直接说："你们带我来玩，我知道是不得好了。"我心里也真是没底了，后面听说大龙有个中医厉害，我怕看着母亲时，她伤心我也伤心，则请我的姨夫送她去了大龙看传说中的中医。医生只给她开了两副药，意思是吃了看，中医都讲职业道德，隐含之意就是一个月的光景。最后，我们把她送回了老家，而且还带她去几个舅舅家走了一圈，心里估计她这病已到很严重的程度了。

可我还是不死心，最后在网上查了一个食疗偏方，给她买了几个疗程，慢慢地居然好起来了。待气色逐渐好转以后，又加上西药，中西医结合，直到如今，她的身体已经恢复得非常之好。

过年回家，依然还能吃到母亲做的腊肉、绿豆粉、水豆豉，而且还要打包带回城里，特别是母亲做的绿豆粉和水豆豉，是我过年之后要带回城的必需品。

从这熟悉的食品之中，我依然能嗅到母亲手里特有的味道。

母亲的味道，是伴随着我们一生的味道，是从咿呀学语到嗲声嗲气到青春期叛逆到心理成熟这个过程中不可摆脱的人生之味，是我们在一件件小事中彼此依赖彼此理解彼此回忆的情感之味，是蕴藏在母亲为我们亲手制作的衣服鞋袜以及滋养身体的一样样美食中的岁月之味，是我们对母亲无限感激的感恩之味。

大姨妈

大姨妈去世的具体时间，我已无法记起，或许你说不太近人情，这一点我相信，要是母亲听了，也准会骂人的。那时，我们家在江之东，她们家在河之西，浩浩荡荡的乌江水就似一把锋利的刀，无形割断了两家人的情谊。隔河堵水，翻船死人的事时有发生，再加上路途遥远，家庭经济困难等客观因素，所以她在生之日，我只去过她家一次。

妈妈说大姨妈患的是老年痴呆症。最初是有一天在后山的苞谷地里薅草，突然间头昏眼花，什么也不能看见。后来，眼睛总算睁开了，可病魔便从此一直陪伴着她，直到她死去。

大姨妈生病后从来没上过街，其实，我就只在街上见过她老人家。上街赶场对于她来说成为历史，也就意味着我再也没有什么机会与她相见。当时，只觉得她跟母亲长得很像，幼稚的我很不能理解，为什么会有人跟自己的母亲长得一模一样呢？

大姨妈是个苦命人，她经常行走于家门前那些熟悉的小路。雨天、晴天、阴天，她从不停止，似乎总有忙碌不完的琐事。有人说，她是在搜寻大姨伯的足迹；有人说，她是在重温初恋时遗留在这里的美梦……

那时候他们都还年轻，都还有自己的梦想，都还有强健的体魄。可是，不曾料到、不成逻辑的问题偏偏降临，大姨妈没有了丈夫，从此孤身一人拖儿带女，养家糊口。

身在农村，要养五六个孩子，谈何容易。大姨妈做到了，而且做得很好。命运不公，大表姐后来得大脖子病，在 20 世纪 80 年代永远离开了我们，这对她来说是不轻的打击。

唯一一次到大姨妈的家，是跟二姨妈的女儿——我一个表姐，还有表姐夫去拜年。其实那也是我最后一次见到她。那时，她小女儿都已经结婚了。她说，小表姐赶上了好时代，就她日子好过。小表姐在我很小很小的时候曾去过我们家，印象已经不是很深，不管怎样，她长得漂亮是事实，后来嫁给了县城里的一位建筑包工头。

此外，大姨妈还有两个儿子和女儿。女儿嘛，泼出去的水，出嫁后就成了别家人。不过其情况我还是略知一二。有个表姐就嫁在我原来所读中学的对面。那里有一棵大树经常吸引着在教室里的我们年少的目光。春秋之际，每天早晨，先是一层薄雾从乌江江面缓缓升起，然后一丝丝阳光再从学校后面的山上射去，从教室的窗口望去，那雾光之下的大树就像一位老人，保佑着村子。按理，那应是一块风水宝地，那里的人们日子都应该好过，包括那位表姐。可听母亲们说，就那位表姐最倒霉，养鸡发鸡瘟，养猪猪要死……幸运之神总是不青睐她。

大姨妈家的两个儿子,一个是木匠,一个是傻子,形成鲜明的对比。他们的生活,我已不太了解。只是那个木匠表哥曾教我许多聊口白经(方言。不正经)的顺口溜,诸如"老表老表,胯下夹把草,风一吹、火一煉,煉得个光宝宝"之类的。那时,他在二姨妈家为一表姐打出嫁家具,我也正在那里寄宿念书,每个夜晚,我们就坐在地炉子上谈论这些玩意儿。

离家多年,但总时时忆起去世多年的大姨妈。

贵仙

已无法记清那是几岁的时候。当时,外公、外婆都还在,我们一家人去拜年。那年头,我胆子特小,一去就躲在小舅家的屋里,只能从各种缝隙中观望着周围的世界。三舅家在小舅家的坎上,从小舅家后屋的门缝看去,一切尽收眼底。

有一次印象非常深刻,因为有位留着长发的姐姐总是在三舅家的门前晃来晃去,后来母亲告诉我,那是表姐贵仙。

贵仙,贵仙……年幼的我记住了这个名字。记得小叔总是讲起乌江边上的水仙花,贵仙,是否与那些水仙花有关。

当时,水仙是什么我也压根儿不懂,只想象那是一种盛开在水上的美丽的鲜花。

等到再一次去外公家的时候,就不害怕了,因为我太想看看那花一样的表姐究竟是一个什么样子。

"外公,外公,我要看花表姐。"

"什么花表姐?"

"就是珍贵的水仙花表姐。"此时的我也不知怎想到这些。

"什么水仙花,你个小鬼。"

"不就是说贵仙吗?"外婆在一旁搭讪。

"看那人不像人，鬼不像鬼的东西干吗？"

我一下子蒙了，外公的言语如一瓢冷水，泼在了我美好的期望上。后来我知道了，外公是说贵仙表姐衣裳总穿得花花绿绿的，比较妖精。女孩子妖精了就不安分守己，在农村，女孩不安分守己是一个家族的耻辱。

的确，那年代那地方，贵仙表姐是比较漂亮。按现在的话说，确有几分姿色。来提亲的人特别多。或许，因为两家是亲戚的缘故，三舅们推脱了其他所有媒人，应允了我母亲的介绍。做媒的人应都是一番好心，成人之美咯！在农村，当然也还有一些实惠，男方都会给媒人以礼物，包括猪腿、烟、酒、肉等。也怪，母亲当时要给她介绍的男朋友是二姨妈家儿子。至于这个过程中，几家人之间到底谈论了些什么，我无从得知，但还清楚记得，去三舅家为表姐下头书（婚礼中的一礼）的那一天，二姨妈家请去帮忙的那些人，都有一种好奇感，都想知道贵仙是谁，因而，他们便来问我。那时，我好有成就感，喜欢说就说，不喜欢说就不说。

后来，这门亲事闹吹了，害得三舅家和二姨妈家很多年没来往。奇怪的是，贵仙表姐又经另一个人介绍嫁到了二姨妈所在的寨子里。母亲几姊妹都是急性子，自尊心极强。对于二姨妈来说，别人抢走了自己的媳妇，她怎么能容忍。这么一来，她便天天跑去跟贵仙表姐的婆婆妈吵架，使得整个寨子大部分时间都不得安宁。现在想来，表姐应该是很爱那个叫作黑毛的男人，要不，她怎么会顶着这样的压力生活呢？

这世界，只有时间会冲淡一切。有时，都不知道母亲怎么那么喜欢做媒，后来她又给二姨妈家儿子介绍了一位女孩，并且他们最后成婚了。也因此，二姨妈才缓了一口气，心中的郁闷才渐渐消失在静静的生活中。

那时，我们上街都要经过贵仙表姐家门口，常常看到她面带笑容，抱着自己的小婴在怀中喂奶。后来，家乡的很多男人都外出打工。在这样的大潮中，表姐的男人黑毛也加入了这个群体。尽管表姐为真正的爱情付出的那种勇气令非常感动，但是第一次听到"黑毛"这个词语却令我毛骨悚然。他的父母怎么会为他取这个名字呢？尽管我不相信命运，但是我小时候的很多直觉都在后来变成了现实。

关于我的很多直觉，自己从没有向亲人说过。如前所说，当听到"黑毛"这个词时我就觉得表姐的生活不会一帆风顺。果然，黑毛在广东因为偷盗被判了八年徒刑。据说，那段时间，贵仙表姐总是带着心灵的苦难行走在山间的小路，抑或，总是在黑夜用眼泪向苍穹祈祷。她水不喝、饭不吃，眼圈黑了，体形瘦了。

八年的煎熬，说长不长，说短不短。这时，有很多人都劝她改嫁。在农村，自己的男人如果是一个劳改犯，则比较丢脸。可谁又知道她内心真正的想法呢？或许，当年黑毛给她的一切足以战胜整个世界，也或许，当年她想给黑毛一切，甚至是自己的生命。"生命诚可贵,爱情价更高",不是有这样一句诗吗?

八年,表姐挺过来了。可她万万没想到的是,黑毛回家不久,就因癌症而去世。黑毛去世的时候,我正在外地念大学,当然也就没有看到表姐是如何把自己的丈夫送到另外一个世界的。

那些炊烟,那些人走时的炊烟
那些为亲人送别的炊烟
带走了思念,带走了记忆
它还会带走我们本身

俗话说,自古红颜多薄命,或许吧,贵仙表姐就是这样。

海波

对海波哥哥最早的记忆,是他牵着一头水牛从我们家屋后的田埂上经过。后来听妈妈说,那水牛是我们两家共同购买的,因为他年龄比我大,可以照管,牛就由他们家喂养。

等我能够完全参与到放牛娃娃这一群体之中的时候,那头曾经由海波哥哥牵着的水牛早已不见了。不解的我便找父母求助,向他们询问那头牛究竟去哪里了,答案是牛已经因为生病而去世。

带着点隐约的伤痛,我和海波哥哥渐渐成为好朋友。当然,这也与我们两家的父母关系较好有很大原因。我们家有一大半责任土位于他们家屋后,那时,只要陪父母去干活,总是要寻找各种理由去与他玩耍,听他讲许多我从未听闻的故事。

小学三年级,我由村小转入了镇上的小学。由于路途遥远,再加上年龄又小,父母就让海波哥哥带我。那段时日,早上上学的时候,他总会在家里等着我;下午放学后,无论怎样他也会等我一道回家。途中,幼小的我感受到了童年伙伴所带来的一种独有的快乐。有时,感觉时间还早,我们就在路边的水田里捉黄鳝、泥鳅等;偶尔,时间晚了,哥哥们也会编造各种理由，比如哪里才死了一个人而有鬼啊之类的，使得我们一群小伙伴跟着他们飞快地奔跑。

海波哥哥比我高两个年级。每当一个学年结束的时候，他都会把他前一年的教材给我，让我能先预习，因而，那时我的成绩也总是比别人好。

或许是平时上学都在一起的缘故，就算到了假期，我们也喜欢待到一起。我不但白天放牛跟随着他，而且晚上也总是偷偷跑到他们家去睡，为此，父母经常骂我，说我是一个不要脸的家伙。尤为有趣的是，有一段时间去他们家睡，由于他的床在二楼，但上楼下楼的梯子却因他奶奶与他父母吵架而被他奶奶搬走了，我们就只好顺着一根绳子爬上去，清早又从绳子上爬下来。

念初中时由于寄宿，只好每星期回家一次，带一个星期的米和菜。在那个曾经很破烂的中学，他对我依然如亲兄弟一样。某次我被一个大个子同学欺负了，他就邀来了几个朋友，把那个讨厌的家伙给狠狠揍了一顿。当时，吃饭是用饭盒蒸，但学校食堂蒸出来的饭，不是水多了就是水少了，时不时都有烟灰覆盖，以致每次都要用竹片把上面的那一层削掉。后来，海波哥哥就领我去学校附近的农家用米兑饭吃，兑饭肯定是我们吃亏的，一斤米最多能兑六两米的饭，这样，原来一个星期从家里带五斤米就够了，后来则要带八斤左右。因此，他便教我如何撒谎，好从家里多带几斤米。现在想来，我们都蛮调皮的。

后来，海波哥哥考入了省城的一所中专。之后，总是收到他的一封封鼓励信，并且，偶尔也给我寄来一些学习资料。那时，当着众多同学，能收到一封信，一种满足感油然而生。或许是有他的鼓励，一个学期很快就结束了。

那是他进入中专后的第一个寒假，回家时，他给我讲述了很多新鲜事，足球、美丽的女孩……当时，对他，我无比地敬佩，对那些生活，我也无比地向往。

慢慢地，不知是什么原因，我们的联系越来越少了。特别是我上高中以后，繁重的学习任务占据了生活中太多的时间。

等我考上大学的时候，海波哥哥已经在省城郊区的一个企业上班了。大一结束后的暑假，我去了他所在的农场。此时，我才知道，他的难处也不少。那段时间，我白天陪他去农场干活，下午陪他去运动，晚上就和他睡在一张床上聊这聊那，大部分夜晚都是听着收音机进入梦乡。悄然间，一个多月的时间就过去了，临走时，他硬塞给我五十元钱，看着那复杂的表情，真想送给他一些眼泪作为礼物。

之后，与他见面的次数就更少了。特别是我毕业以后，彼此的联系几乎都是通过电话，而且通电话的频率也是逐渐减少，曾经共有的快乐似乎已被逐渐流逝的岁月融化。

那份童年情谊逐渐淡化。去年冬天，我们的父母在老家因为一点小事闹得沸沸扬扬，我母亲打来一个电话，让我告诉海波哥哥他父母是多么地过分。当时,我就没控制住情绪,向电话那头的母亲发了一通脾气。俗话说,一辈不管二辈事,无论如何,我也没向海波哥哥提及此事。

  我相信,他的父母事后应该跟他说过此事。但是在为数不多的电话联系中,他也从未说到此事。现在,我总是在想,我们的友谊会因此而打折扣吗?谁能说得清楚呢。

辑五

被埋藏的故乡

被埋藏的故乡

我出生于一个小镇的小村,小镇隶属思南,名叫文家店,是一个名副其实的古镇。小时最向往的事就是去镇上赶场,赶场看热闹,赶场见世面,赶场会亲友,赶场识新物。一直到本世纪初,古镇都保持原样,后来因为修建思林水电站,居民整体搬迁,古镇沉入了水底。其每一条街道,每一个巷子,每一栋楼房,一草一木我都了如指掌,在心中打上了深深的烙印。如今回家,望着一湖平水,所有过往的经历便如同沉睡的鱼儿跃出水面,掀起阵阵涟漪。

以乌江为坐标,我的家在古镇下游。儿时赶场,从蜂桶沟经丰产坝到螺蛳湾走小路,抵达古镇后最先看到的便是酒厂。酒厂为两排砖瓦结构的房子,中间有个大坝,厂区我从未进入过,每次过路,就只看见水蒸气形成的一团团雾气从瓦片里升起,还有就是带着粮食味的酒香了。廖家与酒厂隔着一条马路,在酒厂后面。他家经营着一家砖瓦厂,窑子的炉口就在路旁。廖家的主人是公社干部,但他经常在炉口穿着一条短裤烧火。红红的窑子里传出来一股刺鼻的硫黄味,这是煤燃烧后的气味。除此之外,还有一股热烫的气流,如果是在冬天,在路边也能感受到一阵温暖。而我，每次遇见廖家主人，都有一种恐惧与抵触。他家虽靠近文家店街上，却与我们同属临江公社，当年母亲生下弟弟，违反了生育政策，就是他带着十几个干部在我们家里等了一整天，说是要罚款，要带父母去结扎。父母当时带着年幼的妹妹弟弟一起躲起来了，留下我一个人在家，看着一群陌生的来人，只能在院坝角落里玩耍泥巴。所以每次见到这位烧窑的干部时，除了害怕，就是反感。

挨着这位干部的一户人家也姓廖，是否同宗同族至今我从未打听。他家有两个女儿，一个与我同级但不同班，另一个比我高两三个年级。两姊妹脸蛋圆圆的，眉清目秀，都是一同上学，放学后又一同回家。不幸的是，还在她们念小学时，她们的母亲因为疾病去世了。埋葬她们母亲的早晨，我正好上学从她们家屋外路过，看见身披孝衣的同学，尾随着送葬的队伍，个子小小的，以至于孝帕拖到了地上。带着泥土的孝帕好像她的另一只手，一直想拉着自己的母亲，可抬丧的汉子一路向前，大喊着"起……起……起……"的号子，因为还要沿着公路上到老场坳。有三四公里，得快速前行以节省体力。那时，古镇的坟山大多都在老场坳。老场坳据说原本是这个区域"日中而市"的地方，后面一位姓文的商人在乌江边开了一个店铺，这个市便慢慢转移，改名为文家店，后来的老场坳，除了几户人家，几乎都是荒山。这里地势高，阴阳先生说，镇上附近耕地少，在那里站得高看得远，人埋于此，一定家发人发。有些事冥冥中像是注定了一样，今天的文家店场址又搬回了老场坳。

同学名叫廖娅，她姐姐的名字我已不记得了。印象中，她母亲去世后两三年的样子，她们家里又来了一位女性，有人说是跑来的，具体是怎么来的，年幼的我不得而知。但有一点是肯定的，这应是她父亲给她们找的新妈妈。同学的新妈妈似乎很"体贴""关心"她，没事就去文家店小学，不管学校是否还在上课，她都会拉开嗓门高声呼喊"廖娅，廖娅……"。有时老师也会出来劝几句，而她则会亮出包帕里装着的一碗炒饭或别的吃的东西，说："我给我女送饭来了。"如在上课，同学是不能也不敢答应的，当时我们也都有所感知，小小女孩，怎么能承受起这一份"特殊的爱"。不过再后来，她的新妈妈也离开了这个地方。至于去了什么地方，后来是否寻找过，这么多年，我也没有遇见这位同学，就算遇见了，又怎么好问别人家的伤心往事，但我想应该是没有。当时还听说，因为她的新妈妈经常去学校"看望"两个女儿，而挨了她父亲的辱骂与毒打。其实也可理解，父亲为子女找一个新妈妈，本是希望给她们带来温暖与关爱，而不是让她给孩子带来另外一种伤害。其实，很多年后，网上有一篇很红的文章《我的疯子娘》，文中有一部分细节，特别是文中的娘去学校叫他名字的细节，与廖娅的这位娘去叫她的情节一模一样，当时，我大胆猜测，这两位娘是不是同一人。当然，这也只是我的猜测罢了。

同学家屋外是一条水沟，水沟旁是公路堡坎，堡坎上有一根铁管子，一年四季都会流出一股清凉之水。赶集的人从那里路过，一旦渴了，便去管子处喝一口。同学们放学的时候路过，也喜欢在这里停下，本身肚子就饿了，又没什么吃的，双手握着管子喝几口，感觉也能增加不少能量。

沿着马路继续前行就是食品站。食品站，顾名思义就是供应古镇食品的地方。那时古镇叫文家店区，辖临江、六井、长县、过天、柏杨、三河、三星、上坝等公社。对我而言，印象最深的就是这里的猪场了。计划经济时代，作为重要肉品供应的生猪，都会运送到这里临时喂养，之后再运往古镇各地。偶尔经过，就算在路外，也全是臭味，得捂着鼻子走。这里还有职工宿舍，印象中这里的宿舍是古镇当时最好的住房了，当时的一位区长就住在这里。

食品站下是一个码头，现在看来，就是一个临时客运码头，每到赶场天，大大小小的船只就会停靠在此，然后，老的小的，背着背篓的，背着小孩的，挑着竹筐的，挑着货物的，打着空手的，都沿着小路而上，向着热闹的集市而来。到了下午散场之后，一路路人群又向着码头而去，有的因今天的土货又卖出了好价而满脸笑容，有的因在街上听说了些许悲伤的消息而愁眉苦脸。不管怎样，一到下午，逐渐升起的白帆就像一面面旗帜在召唤：回家时间到了，快一点，快一点吧！

再往前走一段路，就是鸡行了。说是卖鸡，实是一个大杂烩卖行。除了卖鸡的，还有卖猪崽的，卖牛的，卖牛肉汤锅的，卖油炸粑的，观花的，抽竖牌算八字的……应有尽有，实在热闹。先说鸡的买卖。买鸡的每人挑一对竹编的笼子，见卖鸡的就上前搭讪，问多少钱卖不卖。卖鸡的也会到处看看，或许有其他人会开出高一点的价格。价格一谈好，卖鸡的人就会把捆住鸡脚的绳子往秤上一挂，秤砣尽量往下抹，秤杆尽量往上翘，有的还会不自觉地把一只手往秤底压，当然这些都被买鸡的看在眼里，有的干脆会说，"单来过"（方言。重新来过）。卖牛肉汤锅的，就在鸡行旁边，大多是一个简易棚，更有甚者，就是捡几块石头搭上一个铁锅，热气腾腾的汤锅在这里与鸡行的鸡屎猪屎的味道混合，发出一股特别的、诱人的味道。有的乡亲吃完后，还会用手抹着嘴巴幸福地说："这带着牛屎味的汤锅才香。"卖猪崽的，有的牵着三四只，有的牵着八九只，那些被用谷草搓成的绳子系着的猪崽，也在此发出各种不同的叫声，吸引着前来探看的下一个主人。

  赶场天，鸡行边上有一排专门为人算命的人。一旦家里有什么三长两短，或者不顺，有的人赶场时便会去抽抽竖牌，看下自己的运气。竖牌好似一些被暂时隐蔽和可预知的未来，不同类别的好坏事项写在纸上被折叠起来，几十张放在一个杯子里，人们会花上一块或者两块钱，抽上五张或者八张，然后再请算命的人一张一张打开，慢慢解读。一般而言，所谓的算命先生都会故意拖长腔调，用一种专注的眼神凝望着有求于他的人，显得他是多么清楚别人的内心或者命运。时不时地，他也会把手指伸进嘴里蘸一点口水,轻轻翻开竖牌,显出对别人命运变幻莫测的尊重与敬意,或者说是对即将翻开的他人未来的同情或欣喜。除了抽竖牌,还有观花。观花实是一种巫术,观花婆自充一个圣者,她连接着人与神,传递着神对人的昭示。观花时,观花婆会让人坐在一张凳子上,自己则带着被观花的人共同用双手不停地拍打着各自的双腿,短短几分钟的时间似乎便失去了自我,慢慢地,她则代替某位特殊神灵与当事人对话。

此外,鸡行边上还有一排卖油炸粑的。每到赶场天,从各个村寨而来的妇女会聚集在此。她们一般清早从家里出发,背着早已准备好的米浆以及馅、油、柴火、凳子等各种原料、工具前来此地,架起一口小锅开始一天的劳作,待赶场的大队伍吃过早饭来到这里时,基本已煎好了一大盆。读初中时,平时住校,赶场天中午,偶尔也会到街上转转。一次转到这里,似乎看见一个熟悉的身影正低头煎着油炸粑,再走近一看,原来是我的母亲。突然,一阵悲喜袭来:悲,总觉得母亲从事这行当是一件丢人的事;喜,则是可以免费吃一顿。

鸡行旁边还有一家有名的铁匠铺,主人姓肖,我在古镇读书时,曾因无聊去那里看他们拉风箱打铁,当烧红的铁矿石被一锤一锤打制成各种工具时,我由衷敬佩他们的工艺。镰刀、锄头、铧口、斧头,能打的都能打制。长长的风箱足有两米长,由一人专门负责,从风箱里出来的风助推着炉火熊熊燃烧,像一种希望，燃烧着炉火里的铁石。达到火候的铁矿石由一人用钳子夹住，放在一个约半米高的像树桩一样的铁桩上，另一人按照需要的形状不停锤打，打到一定程度又放回到炉火里。这样来来回回，有时需要好几个回火才能制作完毕。最后把锤打而成的铁具再放到水里冷却，便完成了所有工艺。

我的一位表姑，即大姑婆的女儿，嫁给了铁匠铺的一位成员。他们婚后不久，这个大家庭就要分家。表姑父因为残疾话说不明，在分家的过程中不知是哪里想不明白，最后用一把杀猪刀杀死了他的大伯。他的大伯是一家之主，铁匠铺最重要的传承者。俗话说，清官难断家务事，他们之间的恩怨究竟是什么，外人都不明白。但这位表姑父的父亲，也就是死者的弟弟，是一位盲人，曾经在他哥哥的带领下，辅佐一家人经营铁匠铺，才使铁匠铺走到了在古镇上有一定名望的地步。一大家人，几十年如一日，含辛茹苦到此，最终落得这个结局，怎又是大家想看到的结果。但事已至此，唯有哀叹！表姑父也因此受到了法律制裁，而我的那位表姑也带着孩子外出打工去了。长大后的孩子会问起他的父亲吗？又会怎么看待他的父亲？

后来，鸡行靠派出所路口开起了一家百货店，房子是临时搭建的钢架棚，面积就八九个平方米，因为区位因素，生意出奇地好。卖货的女主人姓安，她儿子在学校和我同桌，我俩在班上无话不说，一次，他还从自己家里给我带了一株茉莉花，让我带回老家种植。同学的父亲在区卫生院上班，是当地有名的医生，这样的家庭与生活是当时很多农村家庭都羡慕的典范。按理说，一家人的生活应该向着更美好的方向发展。可有一天，同学的母亲跳河了，古镇的人都不敢相信，但这却是事实，而不是梦境。古镇就在乌江河岸，自古以来，滔滔河水不知要了多少人命。当时，时不时都会听说谁想不开又跳河了。乌江本是一条孕育着生命与文明的大河，可为什么这些寻短见的人，要采取这样一种方式去污蔑我们的母亲河呢？

印象中，鸡行靠河坎还有一个农资仓库，主要是存化肥农药的地方。每到春季场日，赶场的乡亲们都会来这里买上几包化肥农药，为一年的春耕生产做好准备。特别是一到下午，大家都挤往这里，数着沉甸甸的货款，不太情愿地支付给售货员，然后又带着满脸笑容扛起心爱的物资，行走在回家的路上。话说回来，能够买起整包肥料的人户还是殷实人家，走在路上步子都会大一点，别人也都会投来羡慕或是赞叹的目光。大部分人家，只能自己备一只塑料口袋，十斤或者二十斤地买回家，那时的父亲就经常在这里零零碎碎地购买肥料。

从鸡行再往乌江上游方向走，是一段泥泞路。我们上小学时，只要下雨，中间的淤泥足有一尺多深，穿着解放鞋的我们只有往路两边过才不会弄脏鞋子，但路外面又是十多米高的坎子，随时都提心吊胆，心想一旦摔下去就完蛋了。过完这段泥泞路就到了一个丁字路口，路口继续往前是主街，左转上街，那里还有一条小路向下，直达月亮台码头。

月亮台码头是古镇最重要最繁华的码头。码头由上等条石一级一级砌成半圆形,既美观又方便船停靠。至于为什么叫月亮台,一直没有人去考证,是因为能在码头上清楚看见月亮影子,还是圆圆的码头在月光影映下像月亮呢?美丽的名字,并没有给船工们带来幸福生活,吃在船上,住在船上,有时要几个月才能回家,而且随时要面临乌江河中那些惊涛险滩的考验,且不说闻名于外的乌江三大滩——龚滩、新滩、潮砥滩,就是附近的羊心滩、桶井滩也够他们对付的。船运养活了一群搬运工人。早晨,他们从各个地方赶到这里,一见有船停靠,便争先恐后、不分你我地争着搬运,把货物扛到了街上才问是谁家的东西。有时一天下来没有几趟活路,有时又累得不可开交。无论如何,他们对新的一天始终充满着期待,这期待就像那些在乌江岸边响起的船工号子,沿着水流而下,沿着层层叠叠的山脉,向着上上下下的船只,向着他们心中的远方。

说起搬运工,东狗是我比较熟悉的一个。东狗是二姨伯家的侄子,开始在街上碰见他,还觉得奇怪,后面才知他在做搬运,一天下来,好的时候也有十几块钱,在20世纪90年代也是一笔不错的收入了。有了自己的收入,他也慢慢学会了抽烟,打牌。打牌是要输赢钱的,渐渐地,白天搬运、晚上打牌也成了他生活的重要方式,他父母也说不到他,反倒是二姨伯还教育过他多次,说不能这样下去了。他哪里听得进别人的意见,印象中东狗在那个阶段是没有改变的,当时的我们也不能理解,一天辛辛苦苦挣的血汗钱为什么要去牌桌上输掉。我也曾经见着他一肩扛起两袋物品时汗水直流的样子。或许，对生活的选择，只有他自己清楚，正因为劳累，才需要用这样的方式放松与调节，正因为有了对远方生活的渴望，才会以这样的方式来对抗对现实的绝望。

月亮台码头旁是干洞子，一股黄桶大的清水从洞口流出，一年四季发出"轰轰轰"的响声，水量大的时候，在街面都能听出水流的声音。这是一个典型的喀斯特溶洞。春夏之交，有很多燕子及蝙蝠寄居在溶洞崖壁上，每日从这里飞进飞出，守护着这片独有的家园。奇怪的是，洞子的水整日流淌，为何又叫作干洞子？最先为此命名的是哪一位先祖？可能唯有他能解释清楚这其中的缘由了。

有一段时间，文家店至思南的客船一般停留在这个码头。一次，寒假结束，我正准备从老家到街上四叔家寄宿，以便第二天赶船近一点。奶奶见此，特意把我叫到一旁，特意给了我一块腊肉，说："给你四叔带去，他应该会给你一点路费。"她还特意叮嘱，让我不说是她拿的，对此我也没拒绝，把腊肉带到了四叔家。那夜，我和堂弟睡在四叔家二楼的木板上。其实那也不是四叔真正的家，那是他们租住的房子，以便在那里售卖饲料。第二天，天还没亮，正起床准备赶船，四叔好像听到了我起床的声音，也跟着起来，塞给我几十块钱，说："就在路上买点水喝。"我心里特别矛盾，一方面并不想要这点钱，感觉这好像一种交易，之前没带东西的时候为什么不拿钱，至亲的人何必这样；一方面又觉得白得几十块钱何乐而不为。总之，一想起奶奶前一天说起的话，心里又软了下来。如今，奶奶和四叔都已去了另一个世界，母子之间的那一种默契似乎还在延续，每次看着他俩并排的坟头，我总会情不自禁地想起那一个早晨。

丁字路口何家，男主人是当地有名的阴阳先生，街上及附近民众去世后，葬礼几乎都由他来掌坛。葬礼本是人生礼仪的一个重要组成部分，是人离开这个世界的所谓最后一场仪式，也是祖先崇拜的重要内容之一，但由于其与宗教、地方信仰的融合，而有了更多内涵。荫庇后人成为子孙们最向往的一部分内容，有老人去世的人家都想让阴阳先生堪一块风水宝地，因此，何先生一家在当地颇受人尊敬。说起勘地，阴阳先生也有讲究。一是不能亏自己，据说勘了好的阴地，会亏自己，所以很多民众也明白，好的坟地比较难得。二是不能亏主人，主人如果有几房，几房也都不能亏，如果这样，以后就没有人请他们而没有生意可做了，手艺人其实都讲究德行。出殡一般在早上进行，时点也由先生根据死者的生辰八字、去世时间以及其他因素综合决定。冬季天亮得晚，有的出殡时间又早，所以慢慢街上就形成了一个习俗，有人出殡的早晨，一般凌晨四五点，一群帮忙的小孩就会在街上一路敲锣，以提醒大家起床帮忙。

何家对面是徐家，徐家主要靠编扎葬礼的祭祀用品维持生计。花圈是最常用的，还有灵房，陪葬用的白鹅，等等。每次路过，一见徐家在编扎各种祭品，就知道又有人去世了。所有的巧合都没有这样的巧合更让人质疑：是什么让何、徐两家的祖先选择了居住在一起？又是什么让他们选择了这样一门手艺？对门两户共同主宰了这一方水土百姓去世后的未来。他们的内心是否有过考量，该怎样传承自己的手艺，才能让相濡以沫的乡亲在另一片土地安好？该怎样留下自己的名声，才不让自己及子孙留下骂名？

丁字路口向上是一条小巷，人称上街。由于巷子窄，一到赶场天非常拥挤。印象中，这里集中了数十位乡村理发师，以及卖香纸的老人。乡村理发师大多携带一个布口袋，装着一套理发工具，主要是推子和剪刀，口袋一般挂在简易的木架上，木架上还有一盆水，一块肥皂。有时，一盆水要洗几个人，里面堆积了许多头发都还有人要用，但没有办法，水都是到附近人家端的。有的理了发还要刮胡子，理发师会用海绵在带着头发的肥皂水里蘸一下，然后往其脸上一擦，再把刮胡刀放水里打湿，二指便熟悉地拿起刮胡刀咔嚓咔嚓地为客人刮掉胡子，这样的声音，有时在热闹的人群里也显得格外响亮。

卖香纸的大都集中在这一段，想必也是受了徐家的影响。香纸的主要用途是祭祀，徐家在这里就像一个"龙头"，吸附了每场来售卖香纸的乡亲。纸是火纸，用竹制造，十张为一指，十指为一叠，十叠为一捆，大多以一叠起卖；纸也还有宽窄之分。香用香柏制成，先是把竹子削细当香签棍，同时把香柏枝采来晾干舂细成粉末，用香签棍均匀沾染，再阴干，便是上等柏香了。

有两位卖香人使我记忆深刻。一位是瓮鼻子老奶奶。这位老人，自我认识她起，她就没有鼻子，鼻子那里是一个洞，说起话来声音是瓮的，所以我们称之为瓮鼻子老奶奶。几乎每个赶场天，她都会背着自制的柏香到上街巷子里售卖。小时候我们问过大人，问她鼻子为什么会这样，他们都说是飞蛾害的，所以直到现在，我看到飞蛾，都有一种莫名的恐惧。还有一位就是三姨婆。对三姨婆的认识以及印象源自这个巷口，至今还能回忆起她慈祥的笑容，以及用一只手抚摸着我的头的样子。

上街，是区公所所在地，也是后来镇政府的办公地，一部分办公人员的宿舍也集中在这里。老家寨上有个叔叔，因为他父亲是当时的村会计，改革开放前被推荐上了贵州大学，后面分配到镇农技站工作，年龄与父亲差不多大。赶场不忙之时，父亲便会领我到他家坐坐。他家居住的房屋是一栋砖木结构的两层楼瓦房，每户人家有两个房间和一个小厨房。那年代在街上，有亲戚朋友，有杯水喝，也是一件荣幸之事。四叔从江口调回老家工作之初，有一段时间便住在他家隔壁，后面因为要卖饲料而租住到了下街。记得四叔家还住这里时，我和一个表弟正在上初中，周六还要上半天课，有天放学回家之前跑到这里混饭吃。再后来，一位哥哥在镇里上班时也住到这里二楼，不过这时我已经上大学了。有次寒假，几个兄弟相约在这里吃饭，玻璃杯一满杯白酒，几个一口就吞了。这楼就在镇政府办公楼旁边，后来很多次从此路过，看见门上那些生锈的锁，如记忆，也如一种亲情在时间里慢慢淡化。

中医院也在上街，如果没记错，我应该去那里看过一次病。同是一大房的一位伯伯曾经在那里上班，父亲带我去看病的时候，他拿着听筒贴在我肚子上，他到底听见了什么，我其实也感到怀疑。隐隐约约听人说，他除了会打一点预防针外，其他什么也不会。那时的中医院是集体所有制企业，后来效益不好，他也就下岗打工去了。至今我也不知道他到底毕业于什么学校，按照逻辑，如果医技较好，下岗之后开个诊所应该也不错，而他选择打工，这更加验证了当时别人对他的言说。这个伯伯，后来他把老家的房子和宅基地、承包林都卖给了他的干爹，也是我父亲的干爹。此后，如鸟没有了归巢，他回家的次数也就越来越少了，而我，除了偶尔与他的儿子还有一点电话联系外，已经多年未见他那张熟悉的面孔了。中医院斜对面是一中医世家，姓陈，与我们家还有一点远房关系。小时最怕的就是看见他背着药箱到我们寨上打预防针，一次，看见他到了路口，我和堂哥直接在坡上躲了整个下午。

何家过去，再往主街方向就是合作社。合作社是古镇当时最繁华的场所，卖的东西也最高档，货品基本由玻璃柜台装着，对于农村孩子来说，到里面闲逛一下欣赏欣赏就已经很满足了。文家店的场期是农历逢二逢七，每逢这个时日，合作社的门口都有几个缝纫师傅摆摊帮别人做衣服。那时人们都不直接买衣服，而是扯布来缝制。这里人流量大，路过的人多，扯好布的主人会把布匹交给师傅，师傅会把要做衣服的人的身高、胸围等尺寸量好，不忙之时，还会把布先拆好，这场交了布，下场衣服就做好了。有时是父母扯布给孩子做衣服，而孩子又没到现场，师傅便会估计一下父母所描述的身高，根据自己的经验猜测大概的尺寸。对于农村的父母来说，孩子的衣服长一点不要紧，可以多穿两年，也因此，他们大多会给师傅说，"做长一点没关系"。二姨妈家大女儿年轻时也学过缝纫，也曾在此度过了一段青春年华。学缝纫的大多是年轻女孩，有的也能因此而收获一段意想不到的爱情，那些来做衣服的好心人，看到年轻的缝纫师傅便会问："妹，找到人家了吗？如果没有，我们那里有个门户不错。"爱情这东西，有时就是歪打正着，这个道理在任何时代任何地方都适用。缝纫工们除了做衣服，还做背带、帽子等物品，所以对于一个家庭，能够找上一个会缝纫的媳妇，生了小孩，也会节省一笔不小的开支。

合作社对面是驼子嘎公家。驼子嘎公因为背驼而得名，听父亲说是舅舅们认的亲戚，他们与嘎公应该不亲。赶场上下，舅舅、父亲们基本在这儿进出，母亲的很多亲人我都是在此认识的。还记得，驼子嘎公去世的时候，我和父亲还在这里住了一夜。驼子嘎公家的房子是典型的吊脚楼，临街一层是门面，卖一些小百货，背街则是卧室，背街的楼下是厨房和猪圈，厨房和猪圈外面便是悬崖，悬崖下就是日夜奔腾的乌江了。门面的一边隔出一条小巷，既为过道，又当客厅。赶场天，摆上几张木凳子，亲戚朋友随时都可在此休憩，碰上几个实心人，便勾上二两苞谷烧，眼睛一眨就吞下了。在鸡行卖货跳河自尽的同学的妈妈，便是驼子嘎公的大女。驼子嘎公的小儿子叫六万，人称安六万，多年后，他们所在的那条街发生了一场大火，因为全是木房，近几十米数十家的房屋全部化为灰烬。对此，一直就有传言说火是六万舅家起的，不过这也只是传言。

　　从驼子嘎公家往前走是一个斜坡，新华书店就处于这里的斜坡上。我所拥有的第一本《新华字典》便是在此购买的，那是三年级的事了。新华书店不大，在春节那段时间，里面除了卖书以外，还会卖一些年画，每次进入，闻着充满油墨香的印刷品，心中很是向往年画中的场景。

　　新华书店再往下有一个转弯，这里有一位盲人，说是算命很准，姓鲁，人称鲁盲人、鲁八字，据说挣了许多钱，后面还去省城买房了。以算命而言，如果说那些摆地摊抽竖牌的是江湖骗子，那他绝对就是所谓的"门派大师"了。关于这位鲁盲人，是否有如传说那么传奇，长大后我没有求证。但有些事是可以去猜想的，那个年代，那么僻远之地，于那些失意的人，这种似乎超越了灵魂的安慰绝对很有作用，这种安慰会抚平他们心中的伤疤，让其放弃暂时的苦恼，以开启新的希望和人生。

有的人，明知自己的苦难，明知自己的所求没有结果，但就是需要一种所谓的智者的安慰，而鲁八字，或许就充当了这样的角色。鲁盲人家门口有一条通往乌江的小路，我没有走过。想必他应该走过，他应该熟悉，他应该对此路之下乌江连接着的远方有着丰富的想象与臆测，或者他在年轻之时，也曾由这里走南闯北，见证或者听说了许多人生沧桑，后来才得以在需要他开导的人面前游刃有余。

此街与菜行接口处有一个自来水管理房。一到早晨，特别是夏天，街上的居民都会挑着水桶在这里排队取水，水管员则拿着直径约一寸的水管对准水桶，不一会儿，一挑水就满了。说是管理房，其实就是一个烂木棚，临街面开一个窗户，像杂货铺一样，水管员站在里面，以防日晒雨淋，待没有人再来挑水时，就把管子收在里面锁上。

水管房斜对面，也就是靠老场坳的一面，当时有一家冰棒厂，一到夏季，从早到晚，都是冰棒机的响声。上小学时，冰棒也就五分钱一支，可对于我们，大多时间还是吃不上。一到暑假，大一点的孩子，有的就会走村串寨卖冰棒，赚一点零花钱。看着他们背着泡沫箱，一方面羡慕，一方面会想起那个厂中各种繁忙的场景，特别是路过时已经浸入了身体的冰棒之味。

冰棒厂挨菜行方向是一栋约四层楼的砖房，有一位小学同学家住在这里，姓赵。应该是三年级的时候，学校组织春游，要求学生自带物品，姓赵的同学便给陈三毛说，让陈三毛给他背东西，吃的东西就由他负责。三毛是我一路上学的伙伴，他把他们的约定给我说，感觉有点炫耀的成分，毕竟赵姓同学家里条件要殷实一些，一到春游，父母应该会给他准备很多好吃的物品。对此，我是不屑一顾的。那次春游，我们在乌江岸边的一处草丛里，老师带着我们用石头砌灶，捡柴烧火，煮上自带的一些食物，甚是快乐。某个瞬间，我也看见了三毛，他躲在一旁，偷偷吃着赵姓同学赠送的物品。

水管房往上街方向是菜市，菜市一边是老供销社，另一边是医院。菜市前方有一块空地，名为朝土坝坝，这名称的来历当然不知。朝土坝坝边有两条巷子，一条连着合作社，一条连着上街，两条巷子都是猪圈加臭水沟，每次路过，都不情愿睁大双眼。

老供销社是一栋两层楼的木楼，赶场天，乡亲们都会聚集在这里排队，购买自己需要的货物，煤油、火柴之类。医院的门诊部靠近菜市，有一个十来步的台阶，弟弟小时经常生病，三四岁了还不会说话，父母便把他带到这里请当地最有名的刘医生为其看病。刘医生先让他转身，再放电视，一听见电视里的声音，弟弟便又立即转过身来，他说，"耳朵没聋，应该没问题"。弟弟会说话的时候，已经六岁了，这时，父母再也不用背着沉重的孩子和负担来到这个伤心之地了。我没有问过二老，于此他们何时才如释重负，心想，对于父母，应是一直都在担心操劳，特别是对于弟弟的这种情况。从后来为他上学、求人带出门打工、找媳妇、带孙子、建房子一系列事情来看，他们的确一辈子都在担忧。

医院住院部在半坡，由一条水泥梯步相连。相传，曾经有一位医生姓曾，一天，来了一位难产的妇人，最后经过他的努力，孩子是生出来了，但孩子出生不久便没了气息，孩子父亲认为，孩子应该没气了，便悄悄丢在了厕所里。半夜，曾医生正好路过厕所，听见有一小孩在哭，便抱起来，发现正是自己接生的孩子，问起缘由，最后又把孩子抱回了父母身边。后来曾医生才回忆起了前不久的一个梦，一个小孩在梦中对他说，让他一定要救救自己。后来，这个孩子的父母一定要重谢曾医生，而且要让孩子拜继给他，当然他婉言谢绝了，只留下了这个玄而又玄的故事。

菜市往合作社的巷子口上有一个小相馆，那时刚刚流行彩色照片，相馆里面有几张彩色底布，照相师会根据客人的喜好而采用不同的底布。人在小镇，通过一张照片，似乎就抵达了理想之地。青年男女为了留住美好的青春，时常会到这里来留一段回忆。家里的老人，有的满五十或者六十，也会到这里来留下一脸笑容。刚满月的孩子，或一岁两岁，有的父母也会到此给他拍下几张。不过，大部分乡亲还是舍不得的，毕竟这也要花几块钱，如果买生活必需品，比如盐巴，折算下来又可以用好久了。

朝土坝坝是一个土坝，平时停有一些车辆，赶场时则是卖杂货的地方。这里靠近上街的方向有一栋砖房，是信用社的办公地及员工宿舍。初中时，一位同学的父亲在这里工作，有一次趁他父亲不在的时候，他邀约我到他家做客，我们一起煮饭、炒菜，一起聊天谈论人生。我还在他家住了一个晚上。在这古镇的夜晚，一切都很寂静，唯有我们的言语在小镇的夜空飘荡。愿望就像夜空的星星一闪一闪，时而可见时而不见，我们畅想着未来，信誓旦旦。后来我们一同考上了高中，也考上了不同的大学，只是没有再次相见，不知他是否还记得，那一个夜晚，我们谈论的那些未来。我们谈论的那些未来，如今却成为少有往来的现实、借口和理由。

水管房往陈家冰棒厂方向走就是下街。一条独街，两排房屋。邮局便在这条街上。邮局是一栋两层楼的砖房，门口挂有一个牌子，明显的绿色是其特有的标签。寒暑假快要结束的时候，小学和中学的开学通知都贴到这里的墙上，只要看着红纸写着的开学通知，我心里就会默默高兴，又要回到学校，见到自己的同学了。当时寄往邮局的信件大多是平件，每到赶集天，工作人员就会把信件放在门厅的一张桌子上。小学五六年级时，父亲已外出打工，那时母亲交代我，时不时到邮局去看看有没有父亲的来信。每当看到有父亲寄来的信件，心里就如吃了糖一样；如果长时间没有收到父亲的来信，心里就非常着急。那会儿没有电话，如果有什么急事，几乎都是通过电报。记得外公去世的时候，就是通过电报通知父亲回家的。母亲不识字，每次，父亲来信都要叫我念给她听。父亲的思念之情，幼小的我已能感知，母亲听完了之后，又要叫我以她的口吻给父亲回信。每次去邮局一寄出，心里就想着父亲什么时候能收到，我又什么时候能收到父亲的回信。当时，不应只是我，还有很多家庭，很多孩子和我一样，很长一段时间的生活和情感都与邮局有着千丝万缕的联系，很长一段时间，每当看着绿色的门头、邮车，还有盖着邮戳的信封，心里五味杂陈。

邮局前面不远处是工商所。工商所是一栋木房，记忆中，经常有一位穿着制服的工作人员坐在门前。他到底是把家当成了工作场所，还是把工作场所当成了家，这一疑问已经随着记忆的淡忘而模糊不清。只记得，这一段街面，一到赶场天，就有一排屠夫在卖肉，虽然有菜市，但在这里卖肉，好像已经约定俗成。现在想来，是不是为了方便工商所监管，肉市才设置于此，当然这只是我的一个猜想罢了。说起屠夫，三舅就做了几年这样的生意。一般在赶场前，屠夫会提前与有意向卖猪的人家把价格谈好，赶场的早上，凌晨三四点就到主人家把猪杀好，天刚蒙蒙亮，就把猪肉用两个木叉做成的"羊马叉"扛上街。一次，三舅到二姨妈家过猪。所谓过，就是买了去卖。那时我正好在二姨妈家寄宿读书，那天天还没亮，三舅就把猪杀好了，一路上，跟着他扛着猪肉的背影，我们无论如何也无法跟上，最后，我们被远远地甩在了几个山塆之后。过猪，有整头猪一起过的，也有除去内脏或者猪头什么的。不管怎么，屠夫都是想第一时间赶到肉市，抢个好价。这也许就是那个早上无法追上三舅，或者说他没有耐心等待我们的缘由。

工商所前面是粮站，粮站分布在街两旁，靠山方向是粮仓，靠江方向是办公楼和员工住宿地。在全面取消农业税之前，每户农民都要交公余粮。公粮免费交给国家，相当于农业税，余粮则是按统购价格卖给国家，价格低，但必须得卖，且有一定指标，指标因地而异。每年秋收后，每家每户首要的任务就是完成公余粮，那时没有公路，更不说车辆，基本就是靠肩挑背扛，近的几里路，远的十几里，挑到粮站，工作人员还要检查干湿程度，以及谷壳的多少。有些农户倒是故意挑选干得不够的谷子，以为可以多称一点斤数，遇到这种情况，粮站人员肯定要让其挑回家晒干后再来，这就费力不讨好了。有的则是谷壳的成分要多一点，但粮站有现成的风簸，得先簸了再称秤。父亲一向比较厚道，记忆中没有出现过类似情况。有一次陪他挑粮上街，到了粮站，人特别多，排队排了两三个小时才轮到他，一天就这样过去了，第二天还得继续。

粮站再往前走就是下街的尽头了，这里有一家粉馆，每日早上走在路上都能闻到香味。往上是公路，通往文家店中学；往下经几级台阶是文家店教办及小学。我一年级在家里由父亲自己教学，二年级在村小，三年级才转到文家店小学，在此度过了四年时光。从街头的石阶而下，右边靠河是教办。那是一个带着围墙的两层楼院子，里面住着教办的老师和他们的家人，我们甚是羡慕。左边是小学操场，操场边上有一个垃圾堆，街上的一部分居民平日把垃圾往这里倒，时间一长，在这里形成了一个小坡，课间或中午，我们一伙同学便跑到这里来玩耍。小学在一个垄上，呈台状，下面是一个小操场及教师的住宿楼和办公楼，上面是一个坝子及教学楼，教学楼四周有很多大柏树。

有一次报名，大概是四年级开学，因为事先也不知道书学费是多少，母亲便只按照之前的标准给了我十几块。可到了学校，书学费已涨了，要二十块。沉默不语的我甚是难堪，其他同学也看着我，一种自卑感油然而生。或许，父母也只能从家里拿出这么一点钱了。我强忍着眼泪放弃已经排了很长时间的队，此时，正好寨上的一位姐姐看见了，她用多余的零钱给我添了几块，我才把名报上了。

小学大操场靠山的公路边有一口水井，人们赶场路过时，尤其是夏天，大多都会在这里喝上一口凉水。水井上面就是古镇有名的观音洞。观音洞本是一个溶洞，不知何时有人在里面添置了一些菩萨，此洞遂成为当地群众烧香拜佛的地方，每年六月十九，人山人海，水泄不通。水井旁边住着一个老奶奶，主要负责观音洞的日常管理。她住在没有装修的、有三个房间的简易平房里。开始，大家都以为她是一个孤奶奶，一个人在这里。后来，这里多了两个小孩，四五岁的样子，一男一女，平时衣服裤子脏兮兮的，大部分时间都是打着光脚板，后面才知是她的孙子孙女。有一天，正好是学校中午休息的时间，两个孩子的爸爸妈妈回来了。孩子的父亲穿着西装和皮鞋，在小平房的门口嚎啕大哭，数落着自己和母亲，大意是自己不应该把孩子放在这里，活像是极大的罪孽，同时也责怪自己的母亲，应该对孙子再好一点。而这位老奶奶也是满脸委屈，两个孩子则没有多大触动，似乎什么也没有发生，偶尔还在打打跳跳。

　　学校旁边有两家小店，一家卖包子，一家卖油炸粑。卖包子的主人姓刘，人有点胖，所以同学们都称他为刘肥子。刘肥子卖包子的时候，特别是夏季天热的时候，经常光着膀子搭上一条湿帕子，汗水一颗一颗往下流。没钱的同学都自我安慰，说他家卫生条件差得很，还有甚者更杜撰说他家的包子是放在脚盆里用脚踩面粉做成的。现在想来，这都是同学们不懂事的说法。卖油炸粑的主人姓罗，他们家住在一个简易的木房里，临路的一面开着一个小木窗，炸好的油粑粑用一个盆子放在窗口，学生们从这里递上一角或几角钱，便取走几个相应的粑粑。学校的旁边还有几个老奶奶在卖瓜子，有一角钱一杯的，也有两角一杯的，一角的杯子被用胶布粘住了一半，两角的杯子则没有。

　　文家店中学在乌江上游，可以算是古镇的一个尽头了。从文家店小学到文家店中学有好几公里，步行需要二十分钟左右，因此，初中下晚自习后，街上的同学们都是成群结队回到家里。这几公里路上好长一段距离没有人家,而且还到处是坟场。记得有一个地方,在公路里坎,一个坟墓的棺材有一半都悬在坎上,晚上一个人路过,肯定是有点心虚的。据说,当时还有胆大的同学爬到棺木里去寻找尸骨。

文家店中学坐落在一个山坳里,教学楼是一栋两层楼的苏式砖木结构房屋,上下各六间。楼后是没有围墙的山坡,好学的同学们经常会去荒坡上晨读,当然偶尔也有早恋的男女在林中散步。有时中午,偶尔还有一群同学邀约在林中用扑克牌赌博,我们叫"闷金花",也叫"开拖拉机",记忆中就是一毛的底,手气好的一次也要赢几十块,那时,馒头三毛钱一个,粉一块五一碗,手气差的,零用钱几下就输光了。

住校生基本都是从家里背米用饭盒蒸饭,饭盒蒸的饭有时干,有时稀,有时连饭盒都会被其他同学偷走。当时,一班有一个箩筐,每天有两个同学值日,把箩筐放在寝室边上,吃完饭洗好饭盒装上米又放在箩筐里,收齐后,两个值日生又把箩筐抬到食堂,放学后,又去食堂把箩筐抬出来。当然,箩筐上用红油漆写有班级的名字,饭盒上则写着自己的名字。

学校没有自来水,每人便备上一个塑料壶,下课后,便到乌江河或附近的一个洞子里打水。为了方便,有时是边吃饭边提着水壶前往,吃完饭,又洗了碗节约一次水,再打一壶水回到寝室,将其锁在木箱里,半夜三更口渴时,则从箱子里取出喝一口。

说起吃饭，家庭条件好一些且路途又远一点的同学，家里会多给一点钱，他们则在附近村庄的几家农户家搭伙，大约五毛钱一碗饭，甑子煮的饭当然要好吃点。没钱的同学见状，则与农户商量把米拿去兑饭，周日从家里背来便直接到了搭伙点，秤好并记好数，每次去半斤半斤扣除，当然，这个半斤的饭肯定是没有半斤米煮的饭那么多的，别人也是靠这个做生意赚钱。当时，搭伙点有学校教学楼外面的任家，还有附近的杨家、安家，以及安仁的王家等等。

　　初二时，我们的历史老师姓何。历史是副课，学生们基本不重视，但我每次考试都接近满分。何老师还教地理，考试我也是接近满分，所以他对我关爱有加。很多时候，他都叫我把蒸好的饭带到他家里吃，那里有可口的小菜，冬季还有温暖的煤炉，夏季有风扇，但我还是有一些腼腆，去了几次就不肯去了。何老师有四个孩子，老三、老四和我都是同学。很多时候能感觉得到，他对我比对他两个孩子还好，至少在学习方面的一些事上。我和他的两个孩子从小学玩到初中。还上小学时，有时中午我便陪他们从小学走到中学，他们回家吃饭，我在路上等候，等他们吃完饭后又沿着乌江河边回到小学。后来，应该是我念大学时，何老师去世了，我和他两个孩子之间的联系也逐渐变少。从骨子里讲，与何老师的很多情感是需要记住且感恩的，但人生就是这样，还没有来得及去向他重述记忆深处的那段岁月之时，那个人却离开了我们。或许，他对待每一个学生都是这样，对待每一份情都是这样，而他的两个孩子——我的两个同学——与我，却由于各种不同的原因而渐渐疏远了，童年之间的美好，似乎都已随着时代变迁和年龄增长而成了生活中的柴米油盐。

此外，初二那年，学校争取到了一笔资金新修教师宿舍，据说资金不够，安仁码头的河沙是上等建筑材料，学校便动员学生去乌江河边挑沙，全校动员，班班参与。当时我个子较小，气力也小，扛一包沙走了许久才到学校，班主任看我实在不行，便叫我不要参与了，转而专门计数，哪个同学扛了多少斤，一笔一笔记清楚，其他同学很是羡慕。一年后，学校又动工新修学生宿舍，这次则没有叫学生参与了。新修的学生宿舍我们住了一个多月，便初中毕业了。

教学楼外是几大块平地，印象中，麦苗长高之时，绿油油一片，映衬着浅灰色的教学楼，人在路上，心情也豁然开朗。我常站在麦土边的岩石上，远望着西去的太阳，听着悬崖下乌江水的奔流之声，心想，假如有一天离开了这里，应该记住这里的什么，是那几只飞行于麦苗间的麻雀，还是已经开始萌动的情愫？春夏之间，一阵凉风袭来，瞬间也会忘记所有。远方教室里的窗门推开了，是谁的一双手在向谁挥动？

沿江而上，这是古镇的尽头，也是从这里，我开启了另一段生涯。离开了这里，便离开了父母，离开了故乡，开始了生命的另一趟行程。

我想，不只是我，很多同学，很多乡亲都是如此，从这里离开，就像雄狮离开了一片草原，就像猛虎离开了一片丛林，就像温驯之猫离开了一个家庭，就像一只新生的鸟离开了父母筑下的巢……

很多回忆都可以去寻找，而这些回忆却已无法寻找。它所依靠的每一条道路，每一栋房屋，每一条巷子，每一棵有特定意义的树木，每一个店铺，每一个场景都已经深埋在因思林水电站而生的白鹭湖下了。

唯剩下的那些人，却也各奔东西，如山花的种子散落在世界各地。我只能如一株母本，靠着本性尽力去寻找同类，并借用一些储存于脑中的画面，将其转换成文字。坦率说，在这些画面的形成中，我虽是一个参与者，但更多时候只是一个过客。

有的人已经离开人世了，这块土地上的祖先，有的已被淹没在湖底，他们已经无法仰望这片湖上的天空，但他们是幸福的，因为他们一生都属于这里。

对于那些还在漂泊的人来说，比如我，这注定是一方被埋藏的故土，就像被窖藏的一坛老酒，越藏越香。或许总有一天他们都会回来，带着父母赐予他的出生地：文家店。

乌江边上的那些事儿

乡亲们说乌江涨水了,父亲便特意领我去看那未曾见过的场景。还准确地记得,那日,步行一个多小时,一路上都在幻想凶猛的河水。

那时,姨妈家就住在乌江岸边,我整天就想去那里看船船。之前去他们家,每到正午,都会跑去猪圈边,等待汽船的喇叭声。只要一听到那悠长的声音穿越江面上空,双眼就紧盯着远处蓝蓝的江面,因为汽船一天就一班,错过了觉得很可惜。

涨水了没船跑客运,父亲说那容易翻船。黄黄的江水已经很快就要上升到文家店古镇的最低街面了,水位一分钟就要上涨几厘米。那时的我很无知,看水涨觉得是一种享受。

大大小小的回水沱里有各种各样的木材,有从山里直接冲出来的,也有从乌江岸边的人家里冲出来的……不时有一些小木船在那里拾柴。特别是古镇的居民,因为承包林不多,便抓紧利用这种机会。

乌江,就这样在我心里留下了一道美丽而忧伤的痕迹。

小学三年级,我从村小转到文家店小学。

依稀记得,校门口有几棵枣树,枣树的下面有一座小山,小山上生长着茂密的茅草。中午没事,我们一伙同学便一会儿去爬枣树,一会儿去茅草里藏猫猫。这些都玩厌的时候,就去乌江边的悬崖峭壁,在那些草丛或岩洞里游玩。现在想来都有些害怕,当时一旦掉进河里,必死无疑。

当时街上的一些同学,回家吃完中餐以后也早早来到学校,与我们一起在河边玩耍。记忆里,有一位叫资晓丽的同学,经常送我一些小东西,彼此之间的感情似乎也非常好,后来,她转学去了遵义,便一直失去了联系。但她可爱的音容永远也无法从我纯真的记忆中抹去,梦里,她总是背着一个花书包在江边的草丛里呼喊着我的名字。

在河边,看上上下下的煤船也是一趣。那时,煤船全是木船,船逆水上行,纤夫们经常都只穿着三角腰裤,斜拉着系在纤绳上的布条,哼着号子,艰难地前行在纤道里或者沙滩上,顺风的时候,还要升起白帆,借助一点自然之力。特别是赶场天,一艘艘升起白帆的木船行驶在江面上,恰如一支浩浩荡荡的军队。殊不知,他们都是为了生存而依靠乌江不停奔波。

这样的场景,已经彻底消失了。很快,很突然;很慢,也很不经意……

船顺水下行,只要艄公掌好舵就平安无事,纤夫们也就轻松了,在船上或抽草烟,或打字牌……

那时,最梦想的事,就是与乌江合一张影。这个最简单的夙愿,如今却变成了永远的遗憾,因为电站蓄水已经完全淹没了曾经游玩的那些地方。本来，家里曾有一张父亲在乌江边的黑白照片，可由于相框的损坏，照片早已不知去了哪里。

在文家店中学读书，一次险些在乌江里丢了自己的性命。本来，学校有规定，不能去河里洗澡，可学生嘛，又特别是中学生，总有不听话的时候。一天，和一个姓杨的同学偷偷跑去河里，由于自己水性不好，下去不多久就沉下去了，当时心想肯定死了，这辈子完蛋了，可不知为什么一下又浮上来了，于是赶紧回到岸边。自那以后，就再也不敢去了。

在学校寄宿，家里买了一个用塑料做的水壶，因为我们要用饭盒蒸饭，学校没有自来水，洗饭盒、淘米、洗脸等又都需要用水。当时，为了节约时间成本，下午吃饭时，就提起水壶走到乌江边，吃完洗好饭盒，便提一壶水回到寝室，第二天洗脸、淘米都用壶里的水，大概用去一半，留着另一半到中餐后洗饭盒和淘米用。当然，有的同学很懒，经常让别人带水，实在没办法的时候就采取偷的办法，所以，我们的水几乎都锁在箱子里。

如果从这一点出发，可以自豪地说，我是喝乌江水长大的。

中考之前，要预选考试，只有通过了预选考试，才能到县城参加中考。

那是一个难忘的早晨，学校承包的汽船直接开到了学校下面的乌江岸边。第一次去县城，异常兴奋，可雾格外大，掀开船窗的帘布，什么都无法看见。要到思南县城了，浓雾才逐渐散开，乌江大桥横跨在远方，看到了大桥，似乎就看到了希望。

第一次用身体感受乌江，有些失望。

顺利考上高中，使我对乌江的了解更加深入。三年，一次次坐船在乌江上上下下，在老家与学校之间，最难忘的就是与船老板就船钱讨价还价了。

一次，和同在一所高中念书的表哥回家，下船的时候，船老板问表哥要船钱，表哥说没有。老板又问怎么办，表哥说回学校的时候一起开。老板又问我船钱，表哥说我们是一起的。老板眼睛一瞪，我们飞快地从岸上走了。

一次，和一同乡一起坐船回家，我身上也是一分钱也没有。下船的时候，老板先问同乡要船钱，老乡开了几块钱。随后，老板又问我，我说没有，脸瞬间红了，同学马上从包里取了五块钱给老板。

高中的时候，父亲已外出打工。因老家离乌江有一段距离，每次清早赶船，天没亮就要起床，每次都是母亲帮我背米。行走在漆黑的山间小路，眼泪也等不到天亮，流淌在寻找光明的火把上。

上船的地方叫董家湾。在那里等船，有时船很快就来了，有时也要等许久。母亲几乎次次都是等我上船后再回家。一次次在船上凝望着她的背影逐渐远去，似乎一切都在逐渐远去。

如今，董家湾确实离我们远去了。

高中毕业的那年,与一同学行走在思南乌江大桥上,俯视桥下的乌江,看那滔滔江水,不停地流向远方,真可谓思绪万千。在那样的年龄,总觉得什么都很悲伤。那时,多么想伴随着那些流水,远去他乡。

多年后的一个冬日,因为工作,我住宿在乌江边一个叫作洪渡的古镇。史书记载,洪渡于唐代建县,直至宋代,以洪渡为名的县级建制达四百余年。

在洪渡住了二十余天,每天清早起床,晚上才回到寝室,工作就是学习现场考古。中山大学率领的考古队在那里发掘汉窑遗址。那些小小的砖窑,历经千年沧桑,大多依然如旧,曾经的辉煌似乎一直在延续。

冬天的荞麦已经结出果实,在寒风中,一载又一载,见证着一段段特殊的岁月。本地农民不时为我们讲述着一些鲜为人知的故事。据说,某年,镇政府门口修建公路,挖掘出了一些古代的瓷碗之类的物品,工人们以及附近的居民一人分一个就拿走了,政府得到的却是碎片。另外,洪渡镇还曾发现过宋代的教堂遗址,但由于没有深度发掘,后被一栋栋现代建筑掩埋了一段历史。

清闲的时候,独自一个人走向洪渡场下的沙滩,沿着乌江行走,心想,再过一段时间,彭水水电站蓄水,一切都将被埋葬在水下。人类总是喜欢用一种文明破坏另一种文明。或许,也正是这些文明之间碰撞的火花,促进了社会的不断进步。

在洪渡，我结识了异乡的乌江。那些相似的河水，却孕育出了不一样的文明。几十座汉墓，主人到底是谁，至今也是个谜，可能永远也是个谜。孰知，那些先人选好的风水宝地，仍然会被后来的江水淹没。

同样是因为工作，我后来又在乌江边的新滩码头被震撼了一次。

时间追溯到清咸丰八年，也就是1858年，今德江县境高阡楠木园山崩，岩石堵塞，乌江河道成滩，上下船只不能通行，始名"新滩"。

这次，我们是去看望一个叫安丽的女孩，她父亲去世多年，自己身患巨人症，家贫无钱医治。

新滩，一度繁华之地，如今却一片萧条。

环境的孤独映衬着安丽的处境，我很悲伤。我的母亲也姓安，家也在乌江边。她，难道不是我的亲人吗？但看着那闲置的粮仓，一栋栋木房，还有奔腾的乌江水，我又能怎样呢？

相见恨晚。人生在世，与某些人的相识总是比预见的要慢半拍。

他曾经是一名船工，与他的父亲一样。

知识改变了他的命运，知识也让他成了我的朋友。在城市的家里，他叙述着父子俩拉船的故事，我简直达到了痴迷的程度。一次，父子俩在船上睡觉，晚上突发大水，船被冲走很远很远。等清早醒来，他母亲才发现船被冲走了，只有在河岸一边哭一边跑，祈求一切平安。作为农村妇女，她的心灵非常矛盾，心想，他父子俩……

乌江边出生的汉子，果然能战胜一切困难，最后，他们选择在一个安全的地方靠岸，实乃虚惊一场。

朋友的父亲大半生都在乌江边拉船，可谓名副其实的纤夫。我问他，会唱号子吗？他顺口来了一段：

麻耳草鞋是张牌，情哥穿起去求财。
找了银钱细细用，剩多剩少带回来。

虽然他也到知天命的年龄了，可说的时候有一些腼腆，总觉得有一些话语说不出口。是忆起了曾经的快乐，是想起了多年的痛苦，还是……

他说，唱号子主要是为了消磨时光，有时也是为了挑逗别人，特别是对那些在乌江岸边做农活的女性：

柑子叶来橙子叶，好久没和小妹歇。
和了小妹歇一夜，周身软和半个月。

这是很直接的心灵表达。如果别人没听懂，最多也只是心灵上得到自我安慰；如果别人听懂了，就会反骂一通，骂就骂呗，她在岸边，我在船上，反正都是话平伙（方言。扯淡）。

好久没到这山来,这山凉水生青苔。

好久没到这条沟,这条大路无人修。

这山水来这条沟,只准走来不准丢。

我仿佛听到了一声声苍凉的号子回荡在乌江两岸。

乌江在逐渐离我们远去,那些山、水、沟,那些最美好的记忆,也正在逐渐离我们远去,我们能丢吗?

两只鸟

事情还得从一次放牛说起,那时有六七岁的样子,因偶然的机缘发现了一个鸟窝,里面还有一只雏鸟,叽叽喳喳叫得甚是可爱,不知鸟妈妈是在哪里意外受伤了,还是被我们一群小孩吓得不敢回家,好久都没有见到。

天黑回家时,鸟妈妈还没回来,我就将雏鸟连同鸟巢一起取回了家。从内心上讲,我很想把这只鸟养大,主要原因是那时的山村没什么好玩的,总觉得能把一只小鸟养大也是一件很有趣的事情。回家后,家门前正好有一棵树,我就把鸟窝放在树的枝丫上,像在树林里一样,只是此时它没有了妈妈的照顾。在它身边,再也没有了一双宽大而温暖的翅膀,也没有了刺耳而又柔情的呼喊。

睡觉的时间快到了,我很犹豫,是把鸟窝放在屋里还是继续留在树丫上,于是不停地问母亲。母亲很是不耐烦,说想放哪里就放哪里。这不确定的答案让我越是无法做主,我又继续问。最后母亲实在没办法,就说留在树丫上吧。这次我也信了,心想在树林里鸟也是在树上,同时从母亲的眼神里似乎还能看出,把雏鸟放在屋里可能还会带来什么不祥之事。

从晚上到天亮,感觉全是梦。梦里全是那只小鸟,它已经长大了,每天都陪同我在上学路上,在路两旁的林间呼喊,要我帮它找妈妈。偶尔,它又回到我的手心,让我带着它奔跑。上课时,它还来到我的课桌,一起读书认字,一下,拉屎了,真是心烦。我们像一对可爱的伙伴,形影不离,又说又笑。都不知道是小鸟变成孩童了还是我变成小鸟了,梦里的虚幻总是延伸着我的幻想。

当一线阳光穿过木板之间的缝隙,揭开我的被子,恍然醒来,方知一切是梦。梦虽无,可那只鸟却还在,还在树丫上,还在我的心窝里。

一起床我就奔向鸟窝,本就隔着一间房的距离,不到一分钟的路程,我却拼命地跑,而且在这短暂的时间里,脑子里还充满了各种幻想:它是否已经熟悉了我的声音?昨晚没有吃完的那些虫子它是否依然喜欢?

后悔已经来不及了,前一夜的犹豫付出了代价。我最亲爱的鸟,我最喜欢的鸟,已经死在了鸟窝里。是饿死的,还是冷死的,都已经不再重要,我只有不停地责怪母亲,她为什么不让我把小鸟放进屋里。或许,母亲也不会料到,小鸟会这样死去,我只能这样安慰自己了。

小鸟的离去让我无比自责,毕竟,那是一条生命。还有,填补我课外生活的这一个希望已经完全破灭,小鸟即将带给我的神秘与未知已经彻底化为乌有,我所梦想的对另一个世界的探索也即将终止。

再后来，每次在山中放牛，都想着能再有这样一次际遇该多好，这样的话，原本没有实现的梦想就可以继续。

可事实是很难很难，最后连鸟都很少遇见了。这也没有办法，那时刚改革开放不久，农村的生产水平不高，再加上人口不断增加，乡亲们开荒的力度越来越大。原本我们放牛的树林大都开荒种上了玉米、红薯，原本茂密的树林也因为能源需要，被加大力度砍伐，变成了荒坡。

这像一种恶性循环，刚开荒的土地大多在山上，春雨一来，洪水暴涨，既冲走了泥土，又毁坏了山下的良田；被冲走泥土的山坡产量逐年降低后又得开垦新的荒地，被毁坏的良田也会导致粮食减产。

青黄不接，我真切地感受过。妹妹的干爹家就住我家对门，原本他家有一丘大田就在小河边，旱涝保收，日子过得也不错。可后来的一次洪水把那丘大田全冲毁了，只剩下了几丘小田，无论如何栽种，栽种什么，一到年关，粮食基本都要靠借。

我们家也如此，虽没有田土被毁，但人多地少，秋收之后到次年四五月，谷子就没有了。所以，看着父母新开的几块荒地上庄稼长势良好，既高兴又悲伤。高兴的是即将成熟的粮食总会给我们带来莫名的幸福和安全感，悲伤的是心中的鸟窝真的是越来越难遇见了。

随着改革开放的深入，一股打工潮改变了一代人的命运，也改变了我们家的命运。父亲暂时放弃了脚下的土地，随着打工潮远去了广东，人称"杀广"。尽管也很辛苦，但每月总能给家里带来一点钱作补给，也是一件很合算的事情。就这样，一家人的生活慢慢有了改变，越来越高的学费渐渐也有了着落。可在故乡，撂荒的土地也越来越多，再加上退耕还林政策的实施，树林里的植被也恢复得越来越好。

随着在外念书学习工作，回家的次数越来越少，而且每次回家都匆匆忙忙，也鲜少到树林里去游玩与行走了，那寻找鸟窝之事似乎早已淡忘。如今的每一个春天，一定有很多鸟又回到了这里，在此繁衍生息。那些响彻山间的每一声鸣叫，似乎都夹杂着甜蜜的阳光，它们不需担心，一个已经长大的孩子，不会再去损坏它们的幸福之家。

今年四月的一个周末，一觉醒来，闲着无事，爱人就说回老家吧。因为脱贫攻坚政策的实施，水泥路已通到了家门口。不到三个小时，我们就从市里回到了老屋。已经很久没有在春天回到故乡了，潺潺溪水从山沟里流出，清澈见底，两岸的山坡郁郁葱葱，如果没人告诉，怎么也想不到三十年前，那里生长的全是玉米之类。

木质电杆也改成了水泥电杆，电线也换成了绝缘电线。不经意间，院坝里电线上一只不停鸣叫的鸟引起了我的注意，它所站立的电线之下是弟弟前几年栽的一棵桂花树，树有两米多高了。我一个人站在那里，它老是看着我，我很疑惑，它为什么总是对着我叫个不停，或许我也是自作多情。

一个念头瞬间而过：是不是它的鸟窝就在身下的桂花树里？因为从书本里看到在特殊情况下鸟不会直接入巢，鉴于此我有意回屋躲避了一会儿。片刻，我又出来，鸟不见了，这或许验证了我的直觉，但此时我并没有着急前去探望，心想，鸟窝如果真的就在桂花树上，那么此时鸟就应该还在鸟窝里，一去就会惊扰。

又过了十分钟左右，我来到桂花树旁，用双手拉开密密麻麻的枝叶，结果真的让人一惊，原来有两个鸟窝，一旧一新。这次，我连两个鸟窝内是什么情况也没仔细观望。新窝有几枚蛋，蛋孵成鸟了吗？旧窝是什么情况？是它去年的还是其他鸟的？这都不是我关心的问题了，我只暗自里高兴我的验证好像是一个绝对的真理。很快我又离开了桂花树旁，还特意叮嘱母亲，让她不要给弟弟的孩子说，以免他来捣乱。

停在电线上的那只鸟，与三十几年前去世的那只雏鸟是同一鸟类，但我不能确定它们之间是否有一种间接或者直接的血缘关系。有没有，我都当成它们之间是有的了。自从偶遇了这只鸟，心中释然了不少，这难道是冥冥中注定的轮回，三十几年前的愿望，仿佛就是这一刻洒下的金色阳光。

两只鸟，穿越两个时代与我邂逅。我以为，一个是我的前半生，一个是我的后半生。前半生，与那只雏鸟，我们共同在生命的成长中经历着风雨，只是我比它幸运，我有我的父母，有一个在不断前进的时代;后半生,与这只成年鸟,我们共同在青山绿水下沐浴着阳光,我们都有着或即将有自己的孩子。

绿水青山就是金山银山。对于动物,对于我们人类自己,这就是最真实的一面镜子。对着光秃秃的荒山,我们像落魄的羔羊;对着布满绿色的山岗,我们又是奔驰的骏马。

两只鸟,我与它们都在春天相遇,也都在春天别离。那些正在生长的树叶,像是它们的翅膀,在风中飞翔;那些正在远离的孩子,像是它们的远房亲戚,默默为它们鼓掌。

麦酱

姨妈家的房子东边是一块三合土院坝,一到夏季,那里总是放着一个酱缸。酱缸不大,其实就是在街上买的陶罐,这是我对那块三合土最深的记忆了。

那时我不吃酱,看着他们的面条里放着麦酱,心里总是不解,这臭东西他们也吃,我闻都不闻一下,因此表姐们都说我假得很。

老家所属的乌江流域,小麦一般在深秋下种,农历四五月成熟。那年月,水稻时常因干旱受灾减产,家家户户基本都会种植小麦。小麦的成熟时间相对于水稻要短,再加上当地人主食以水稻为主,小麦被乡亲称为小季。

印象中,一到四五月,家中仓里的稻谷就已剩下不多,正好此时,麦子成熟了,面条、麦粑、麦疙瘩就变成了主食。不知什么原因,我吃了这些东西肚子老是疼,但也不会向别人说,其实心里也不愿,因为已经隐约能感知父母的艰辛和无奈,有的年头,麦子都是借的。

用麦子来晒酱,可以说是奢侈了,这说明你的家庭有多余的麦子。姨妈家有七个人的土地,地方又广又肥,稻谷吃不完,麦子也不少，麦酱那是年年晒。

晒酱的主要程序是蒸煮、发酵，然后在太阳下暴晒。虽然我不吃酱，但每次夏天到姨妈家，我都喜欢悄悄地跑到他们家的酱缸边，偷偷地看上几眼，那时总是错误地认为，里面好像有蛆一样的虫子。有时，又用手抚摸着那被太阳晒热的酱缸，有一种说不清的感觉。

其实，很想母亲也晒一次酱，但是一直没有等到。我真的很想知道晒酱的每一个细节，对于那种向往，有时感觉比书本上的文字还要让我期待。尽管我是一个男孩，但我很想知道农村的女性在生活中的每一个细节，哪怕是无意有意地让自己感知，都是一件幸福的事情，或许，这也是每一个孩童对新兴事物的求知欲望。

那时，我们家还种植另一种品种的麦子，我们称为大麦，麦穗比小麦要大要长，但人不吃大麦，只用来喂猪。大麦在锅里炒过后，味道特别香，再用磨推成面，放在煮熟的猪食里，猪也吃得大口大口的。当时我就纳闷，这么香的大麦，母亲怎么不用来晒麦酱呢？

姨妈说，麦酱晒得好不好，香料非常关键。晒麦酱，最重要的香料就是茴香了。姨妈家的猪圈旁就种有一大堆茴香，每年春天，茴香就会以她最绚丽的身姿，迎接神圣的使命。每次晒酱前，姨妈都会采摘适当数量的茴香加入其中。茴香的香味不断渗入酱缸的每一个角落，让茴香重新"生长"成为酱香。

晒酱过程中最怕下雨，让人揪心的是，六七月暴雨又多。每次晒酱，家里都得留一个人，一有下雨的迹象，就把酱缸搬入屋内。迹象，有时就是迹象，但有时也会伴随着大雨，大雨之后，又得及时把酱缸重新搬回院坝。酱里进雨了，就会变酸，变味。

姨伯最爱吃酱，除了吃面之外，冷饭加麦酱，或者在火石灰里把生辣椒烧煳后切细，然后直接放入麦酱里。多年后，我一直在想，或许就是因为姨伯这么爱吃酱，姨妈才每年都晒酱。

有几次寒假去给姨妈家放牛，最担心的事就是牛吃麦子，因为牛一吃麦子，我就会想起那陶制的酱缸，感觉那牛嘴就在那酱缸里吃麦子。每次牵着牛经过麦地，我都格外小心，总感觉有一口移动的酱缸跟随着我，像一个监工，鞭打着我。

一次，牛真的吃麦子了。似乎马上就有酱缸破碎的声音淹没了我。我只有立即用力把牛索一拉，远离那块是非之地。

绿豆粉

以前,绿豆粉也是过年的必备食品之一。每到腊月,家家户户都会择定吉日,你帮我,我帮你,推绿豆粉。说推,是因为没有现在打米浆的电机,而且通电的村子都很少,全靠石磨。

一般的人家至少是几十斤米,富裕的人家则是上百斤米。他们大都会在前一个晚上,将米和绿豆、豇豆、胡豆等按一定比例用水浸泡。绿豆粉,顾名思义是以绿豆为主要原料的美食,其实不然,绿豆只是原料之一,甚至有时,绿豆粉中根本就没有绿豆,而是用黄豆、豇豆、胡豆、豌豆等替代。

石磨一般放置在大门外的吞口,有的也放置在专用的厢房里。推绿豆粉至少得六人,推磨的就得三人,两人推,一人添豆;此外在灶房里也得三人,一人烧火,一人在锅上烙粉,一人切粉。因此,推绿豆粉的时候,除了请上左邻右舍之外,一家老小得全上,偶尔,也会请几个实在亲戚前来助阵,既帮忙干活又联络加深亲情。

烧火也是一门非常讲究的活,火大了不行,火小了也不行。所以燃料方面也有讲究,松树的枝叶就是最好不过的了,它燃起来火又均匀,熄了又能瞬间引燃。那时,我们小孩放学以后主要的任务就是去松树林里去捋这玩意儿。松树叶像人的头发，黄了就从高高的枝干上飘落下来，在地上一层一层地覆盖着，贴近地面的会因雨水而被溶解，最终融入泥土，上面的一部分则会被我们运回家里。

　　烙粉是最重要的一步。先在锅里刷上一点油，再让米浆顺着锅的半腰上转一圈，然后均匀地刮向锅底，估计七八成熟以后，又翻面烫熟，一卷绿豆粉就这样成了。开始的这几卷，大都会分享给帮忙的亲戚朋友品尝一下，试试口味怎样。带着清香的绿豆粉，里面包点煳辣椒，味道可香了。

　　推磨的过程中，难得一见的亲朋老少说说这说说那，偶尔也会开开玩笑。磨子不快不慢，一转一转，像极了时光。负责添磨的人，也需要经验，水与米和豆的比例要适中，这样烙出来的绿豆粉才会色香味俱全。

　　一次家里推绿豆粉，那天正好是我取成绩单的日子。之前父母说过，如果得了班上前三名会奖励一件新衣服。当我高兴地回家告诉父母成绩时，他们似乎已经忘了许下的承诺。家里还有这么多帮忙的人，自己也不好意思说起。父母后来还是没有记起，或许，不是没有记起，而是实在没有什么办法，三个人的土地要养活一家五口人，实在是有些困难。只不过一看见那竹竿上的绿豆粉，能够在饥饿的夜晚填饱肚子，我似乎也明白了一点什么。

　　绿豆粉切细以后，一般用竹竿晾在通风的地方，不能发霉，更不能让老鼠吃到。晾干以后，就可以收好储存在柜子里。在二三月的农忙时节，天黑以后回家本已很累，煮上一碗绿豆粉，省事又省时。

小学，我在姨妈家寄宿了四年。说是寄宿，其实从他们家到学校也有好几公里，早上吃完早餐上学，下午放学后再回家吃晚饭，午饭当然是没有。姨妈家那里自然条件较好，人人也都分得了土地，条件比我们家好得多，父母亲说是每年给他们一点粮食，其实基本上没给。一次，母亲也觉得不好意思，背了一背篓干绿豆粉到他们家，作为我们的早餐。

这是一个很平常的早晨。我烧火，表姐煮粉。天还没大亮，微弱的煤油灯还没有灶里的火光明亮。母亲拿来的绿豆粉格外香，我恨不得把汤都喝完，不然那肚子怎能撑到下午。"坏了，坏了……"，表姐尖叫一声，"有老鼠药，有老鼠药……"我若无其事地放下了碗筷。姨妈听到这样的尖叫赶紧起床，让我们不再吃了。结果，当然也是没心情再吃任何东西，懵懵懂懂地继续走上了熟悉的上学路。

上学以后，姨妈把剩下的绿豆粉拿去喂狗了。按照她后来说的话，如果狗有什么事，她就再带我们去医院。哎，等她们做完农活回来已是中午，姨妈一下就吓死了，因为狗已经死了。她顾不上吃饭和换洗衣服，飞一般地奔向了学校。她先看了表姐，问表姐有无什么反应，表姐说就是中午时身上抖了几下，后面又来问我，我倒是真的什么反应都没有。这下，姨妈才放下一颗沉重的心。

　　后来,也没有再去医院。放学回到姨妈家的时候,小叔在那里坐着,欲言又止。父亲还在外面打工,他是替父亲来看我的。人都说,是这狗捡了我和表姐的命。直到如今,姨妈和母亲一直都没有弄明白,这一支鼠药到底是从哪里掉落进绿豆粉中的。当然也没必要去弄明白了,那一条替我们牺牲的狗,怎知最后一餐竟充满了毒素。

　　此事过后,对绿豆粉还是没有什么特别的抵制。

　　记得要去县城读高中的那个夜晚,母亲也是做了很多绿豆粉。我之所以印象深刻,是因为以前都是在腊月推绿豆粉,而那一次是八月。母亲用这原本过年才有的美食为我送别。新推的绿豆粉香味扑鼻,走了很远的路,我身上都还残留着这样的味道。

　　后来好几次这样的时间节点,母亲都用绿豆粉与我告别,真不知道这样的用意是什么,是图方便还是其他?我一直都没有找到答案。

花甜粑

一到过年，家家户户都要制作花甜粑，再穷的人家，借米都要制作。花甜粑，因在制作时嵌入红绿等颜料而形成各种花纹，再加上一般与甜米酒一起煮食而得名。

腊月，乡村的农活相对较少。这时节的天气，有雨雪冰霜的时日，也有阳光和煦的时日。一家人，大多都会选择阳光较好的时日，当然有的还会选择较好的时辰，开始制作花甜粑。

小孩要是知道自己家里制作花甜粑，那可是高兴得不得了，会从早上等到晚上，就为尝一口父母制作的美味。

花甜粑的制作程序可讲究，要提前一晚用水把米泡好，黏米和糯米的比例要在适当的区间之内，黏米多了，粑粑会散而储存不久，糯米多了，粑粑又会太软而不好吃。米泡好后，就要在碓里把米舂成米面。一家人要分工，年轻力壮的负责舂碓，妇女老人就负责筛面或者和碓。舂米的过程是主要的一个程序，所以又把制作花甜粑称为舂粑粑。

碓窝是圆形的，舂米的过程中必须要有一个人专门用竹竿在那里和来和去，否则，那些带着水的米就会流到碓窝外面。和碓也要讲究技巧，要快速灵巧，否则碓头就会舂到和碓的工具，有的也是自己舂碓又和碓。舂碓可以一人，也可以两人，有的还三人，累了就替换。

春好的米面不均匀，就用箩筛选筛一道，筛不过的就放回碓里再舂一次，直到筛过为止。奶奶家的碓在屋后，那时，一家人都是在那里舂粑粑。那时，母亲总是负责筛箩筛，右手拿着箩筛不停地旋转，左手不停地拍打着箩筛的边沿，从箩筛里漏下的白色米面不一会儿就在簸箕里堆成了一座座山的样子，就像雪后的山村一样，累积着白色的沉静。

虽然舂米是一个主要过程，但制成花甜粑还有一系列工序。把米面背回家后，先用一小部分米面制成糍子，再将桌子洗干净放上米面，把糍子放在米面上不停地揉来揉去，揉成面团，直到黏不上米面为止。揉紧后，还要使劲地在桌子上摔打，发出"梆梆……"的声响。山村的人家，只要在腊月的夜晚里发出"梆梆……"的声响，别人都会想到，肯定是在制作花甜粑了。

面团揉好后，再用擀面棒把面团压成一块一块的，在上面涂上红色或绿色，一块一块地叠加起来卷起，或两块一卷，或三块一卷；再用竹片左压下去右压下来，把面团揉成长条状，用麻绳或其他细线切断成一截一截的，生的花甜粑就基本成型了。这时，从切开的剖面就可以看到，各种图案呈现在眼前，每切开一片，都是如此。有的手巧，还会压成吉利的文字，比如"喜"字之类。

制作花甜粑的最后一道程序就是把切好的一条一条的生料蒸熟。别小看这蒸的过程，可要把握一番火候，如果里面蒸不熟，那不只是吃不得，而且还放不久。等待蒸熟的过程，也是小孩最期盼的过程，从早上等到了晚上，就希望快点蒸熟。

蒸熟的花甜粑，冷后就放在土罐里用水泡着，要吃的时候再取出来。花甜粑最传统的吃法就是用甜米酒煮着吃，这也是花甜粑名称的来源之一。那时，上山放牛，偶尔也会带上几片切好的花甜粑，在林间烧一堆火，然后把花甜粑放在火石上烧着吃。烧熟的味道，又香又糯，用手指分着吃，扯起好长都不断，从花色里冒出的热气，也带着红绿的色彩。

春节期间拜年，回家的时候，主人一般都会从家里取出一两截回赠给客人，客人一般都会很客气，说"不要不要"，但有时也半推半就收下了。如果真的不收，主人会以为是看不起自己。印象中，外婆家旁边有一口水井，那时去舅舅家拜年，每次那些舅娘们都会追到这水井边，硬是要把她们手中的花甜粑塞给母亲。

老家有个习俗，正月初一早上不能吃米饭，只能吃花甜粑。小时，每次我都觉得不能吃饱，总是哭闹，每次哭闹，棒子就上身。

父母已年老，不再用也已无力用棒子打我了，可一回想起挨打的时候，就忆起了正月初一早上的花甜粑，还有父母亲制作它们时的身影。

辑六 —— 心灵之旅。

心灵之旅

老宅东南方六华里，有一山曰荆竹园，乃清朝时期红白号军起义的重要根据地之一。其东、南、西、北分别设有卡门，史书记载为八座，民间则俗称为东卡、南卡、西卡、北卡四卡。小时常经过西卡与北卡，卡门残留的石壁，夹杂着小树与茅草，风一吹过，嘎嘎作响。

西卡的北面，北卡的西面，有一山坳，名叫南坳田。

人们都说，在这里能望见"饭甑山"。只要天气晴朗，从东北方看去，有一座山恰如蒸饭的甑子，美丽无比。我虽然无数次从那里路过，从最初的一年几次，到一年一次，直到几年一次，却都一直没有望见那传说中的美景。

"饭甑山"，也就是梵净山。一次次从它的身旁擦肩而过，可就是没有机会近距离体验它的魅力。

现在想来，这就是缘分。说得理性一点，就是生活中的偶然与必然，毕竟，谁知道这世界究竟会怎样变化。大学最后一学期，课程不多，也就常去图书馆，无意中，竟然关心起了远在家乡的梵净山。虽然与它身隔千里，但它却时刻呈现在自己的眼前，如一位亲人。它越不肯从我的身边离去，我就越是要从一本本书籍里寻找关于它的点点滴滴。

梵净山，武陵山脉主峰，历史悠久，神秘古朴。我一直怀着美好的向往，对于它。北魏郦道元在《水经注》称"三牾山"；《汉书》称"三山谷"；《元和郡县志》说它"一名辰山，在麻阳西八百三十里"；《贵州名胜志》称为"九龙山"，"高百余丈，下分九支，铜仁大小两江出焉"……

第一次登山，时逢重修的护国禅寺举行开光庆典。当时细雨绵绵，山间的云雾时而上升，时而下沉，也间或东奔，间或西跑，似乎更为当时的庆典增加了一份朦胧的诗意，或者说是禅意。

我不信佛，也不信仰其他宗教，但对一个地域的所有文化总是充满敬意，这是尊重，更是学习。人类最捉摸不透的就是他族的文化，同时，人类能心心相印也缘于文化的融合。

当看着众多信男善女手持香纸供奉的时候，更加让人坚信梵净山曾与峨眉山、鸡足山并立为西南三大佛教名山的地位。"梵净"一词既然来源于佛教，那它与佛教就一定有着千丝万缕的联系。

车抵棉絮岭后，步行上山。路旁的杜鹃，周身缠绕着轻盈的薄雾，尽管花期已过，但仍能想象出杜鹃花开时的盛景。如果这样的美景只送给一个人，可想而知，那个人会是多么地幸福。

山脊上，时时亦看见一些松树，清新、奇秀，历经亿万年岁月煎熬依旧挺拔高贵，欢迎着来到这里的每一位客人。

路边的树木，有很多我不识其名。片片红叶格外妖冶，似乎舍不得生养它的父母，可秋天决意把它嫁给冬天。落花有意，却没有流水，它们也只有与兄弟姐妹一起继续陪伴着亲人，渐渐老去并融入这片土地。

人在山中行，心在云上飘。腾云驾雾，或许就是这样的感觉了。

走着走着，头顶上有一峭壁，无数水珠不停从上面滴下，实在是看不清楚。同行的友人说这是月亮岩，天气晴朗的夜晚，月亮出来照在岩石上，闪闪发光，非常漂亮。如果真是这样，古人称梵净山为月镜山，理应与这里有一定关系。

究竟有多少人看过这里的月亮，不得而知，如果允许我猜测，那绝对是以艺术家和探险家为主。月亮岩，月镜山，这样的称谓真是难以让人不产生遐想，想一座山与一个人的那些事。

后来很多次，我都在不同的地方闭上双眼，幻想站在这里的壁下，看月亮岩里的月亮。特别是每年八月十五，无论身在何方，心灵都要回到这个地方，去追寻月亮悄悄落下的身影。

梵净山的标志为蘑菇石，梵净山的神奇之处也在于蘑菇石。风化的岩石犹如一朵天然的蘑菇，悄然生长在梵净山顶，这是上帝赐予它最珍贵而美好的礼物。地质学家研究，这里至少有14亿年的历史。14亿年的生命，还能持续多久？没有谁解释得清楚。

在这里，蘑菇石见证了巍巍群山的沧桑变化，体验了茫茫林海的风花雪雨，它还将一如既往地在这里守护，守护一切的一切。

雾，太感谢这道风景了，否则，无论如何我也不敢登上红云金顶。一座山峰突然兀立，并被劈成两半，我只能凭借就地开凿的步道与铁链小心攀登。浓雾从金顶两旁飞速而过，使人无法感受到自己的相对高度，心里当然也就没有了恐高的压力。

人类在面对很多事物的时候，不得不承认自己的渺小。登上红云金顶，我再一次感受到了自己的渺小，单是登顶都非常困难，古人居然还在这里建起了两座殿宇——释伽殿与弥勒殿。

时间可追溯到明朝。某日，一位高僧在这里双手合拢，眼前云雾缭绕，在此建殿的神圣念头油然而生。关于此，还有一个美丽的传说。相传金顶本是一根完整的石柱，释迦佛与弥勒佛都看中了此地，相争不下，惊动了玉皇大帝。为示公平，玉皇大帝下驾梵净云端，用金刀将金顶一分为二，指定弥勒佛在东殿，释迦佛在南殿，分管两个世界，两佛从此相安太平。《茶殿碑》碑文记载其屋面"风峭，不可瓦，冶以铁"，只惜如今铁瓦无存，但殿宇几经修复依然如旧。

身处红云金顶，放眼望去，除了雾还是雾，这是别样的境界,"立天地而不毁,冠古今而独隆",一点不负"天下众名岳之宗"这一恢宏气势。

云雾逐渐散去,承恩寺遗址呈现在金顶的左侧。俯视破败不堪的遗迹,更容易让人忆起陈年往事,忆起那曾经的香火盛况。

据资料记载,承恩寺俗名上茶殿,"正殿3间,通面阔13.7米,进深9米,石墙厚0.5米,残(墙)高2米,山门完好。门额阴镌'敕赐承恩寺'5字,两侧配殿8间,存部分残墙,全部建筑占地1250平方米"。历史已经过去,承恩寺虽已确定恢复重建——当然这是后话——但是我更愿意欣赏那历经磨难的遗迹,因为只有站在历史与现代之间,才会去想象那些曾经、正在和即将发生的变化,才会去深入思考历史给予我们的经验与教训。

香客们手提麻袋,袋里装着柏香与火纸,希望能在这里寻求到安慰心里不悦的处方。

他们从哪里来,又将到哪里去呢?

我没有能力去理清历史的脉络,但我很喜欢想象:昔日的繁华为什么不能在这里延续?是因信仰的迷失,还是思想的进步?其实,存在即合理。应该相信:人类总是在追求真理的道路上远行。

从另外一个方向下山,阳光初现。传说中的万步云梯化为我回家的路,回家的路上,原始森林里不时传来鸟鸣的声音,那些声音蕴含着我对自然的敬意与向往。

  一块块不规则的石板,不知有多少人曾从这上面踏过去寻找理想,可如今,我只有小心翼翼,生怕踩碎那些历史留下的记忆。

  越往山下走,水流的声音越大,似很欢乐,也杂凄楚。如果一辈子就生活在这山上,关于山外的世界,我该怎么去幻想呢?

  一溪清水,流向了远方的大海。

  一溪清水,带走了累积的寂静。

  逝去的岁月,让我愈发不能忘记,这关于梵净山的心灵之旅。

在自由与皈依的河边行走

没有谁的心灵不向往自由，没有谁的魂灵不祈求皈依。

哲学家赫拉克利特说，人不能两次踏进同一条河流。同样，人同样也不能两次走进同一个地方。当你第二次或者是多次步入你曾经走过的路上时，物是人非，再加上心态和认识的不同，你的感觉与之前相比，会发生彻底的变化。

转塘，是梵净山下一个美丽的地方。幽静的大河在这里转了一个270度的弯，呈3个直角形后，进入人们习惯称为太平河的河段。

之前，都是匆忙经过转塘，没有驻足停留。而这次，则带着休闲的心情，从这里开始一段特殊的行程。从转塘下车，映入眼帘的首先是一幅人间美景，温柔的阳光洒在金黄色的枯草上，树枝的影子不停移动，无数鹅卵石陪着清清的河水，静静地守望着这片世界。

沿河而上，是一片一片的竹海，山坡、河岸、沙滩，到处都是葱郁的竹林。农家院子里，是一块一块的菜土和稻田。从稻田边的草垛来看，刚刚过去的秋天应该是一个收获的季节。菜地大多用栅栏隔着，不时看见一只母鸡带着一群小鸡在寻找食物。从它们与栅栏斗争的过程揣摩,它们非常想进入菜地,去品尝绿色的青菜,以及那些依附着青菜的小虫。

冬天的阳光异常暖和,大地以及大地上所有的生物都在尽情享受。

越往前走,河水流量越小,这似乎与大河的称呼不太吻合。同行的一位大哥说,他们20世纪90年代来梵净山科考的时候,这里的水流量都还很大。而现在,只有洪水来临的时候,才能达到以前的水位。看着那些裸露的沙滩,感觉河水就像大地的眼泪,悲伤地流个不停,越流越少。我们行走的公路,就像正在不断蔓延的病毒,吞噬着这里的一切,破坏着这里的生态。

河边的坝子很少,并且大多由河水冲积形成。积土里含着大量泥沙,虽然是坝,但土地并不肥沃。生活在河边的人,大多以竹为生,一年四季,就靠那些一茬又一茬的竹子。每当农闲的时候,一家人全部出动,砍竹的砍竹,扎筏的扎筏,然后由一人或数人乘竹筏顺大河而下,至江口或更远的地方,将竹筏换成钱以及必要的生活品回家。

行至快场,那里是马槽河与大河的汇合处。汇合处不远有一座小桥。桥的结构很简单,就是在铁绳上铺上木板,走在上面一晃一晃的,有几分恐惧,又有几分享受。假如山洪暴发,走在上面肯定有几分心惊,要是不慎晃下河,一定会被那滔滔洪水卷走。

吊桥，石拱桥，独木桥，一路上随处可见。各式各样的水车，因为不属于灌溉的季节，已经暂时停止了运转，村民们说，过段时间就把它当木柴烧了，等来年又换新的。

桥，水车……是这里独有的文化，在消失，也在不停地生长。

从凯马到凯岩，再到凯文，这些地名似乎蕴涵着特殊的历史背景，或者是一段段传奇故事。作为一个陌生的行者，一切都显得那么遥远，也显得无限忧伤，不知该从哪里开始想象，开始构建属于自己的历史版图，而只能默默地看着路边的风景，悄悄欣赏着它们，欣赏着它们的相同与不同之处。

风中的芦苇，恰如一群行军战士，挥舞着战旗，意欲与敌人展开一场搏斗。抑或说，它们就是梵净山脚的卫戍部队，谁要是侵占这里的一草一木，它们就将与其决战到底。它们在镜头的记录里，又是一幅出自大家之手的油画，闪动的阳光在照片里变成了天然颜料，芦苇无意的造型，在照片里变成了画家有意的思维构造。

一帧帧风景，一幅幅油画，在山间，在心中。

我们行程的终点是鹅家坳。据说，鹅家坳原来叫鹅颈坳，后来因为口音的变化，就变成了鹅家坳。寨后是一片竹林，寨子的旁边是一块大坝，大河从寨前环绕而过，河的另一边是一块小平地，因大河的环绕而呈半岛形。半岛上生长着许多古树。古树的叶子已经凋落，不规则的树枝横竖交叉在那个特定的空间，黄昏下，那是一番别样的幽美。

鹅家坳的人大多姓谭，祖先在这里住了多久，他们无从得知。相传，他们的祖先原是为了逃到这里来种植罂粟。可以试想，历史上的某一天，他们的某位祖先沿着大河而上，不畏艰难困苦，终于找到了这样一个美丽的地方。或许，就在来到这里的那个初冬，他们播下了罂粟的种子，次年春天，红、粉红、紫、白等五颜六色的花朵就盛开在这里的坝子上，当时，他们的祖先可能笑得合不了嘴。因为，在民国以前，这绝对是一个隐蔽的地方，如果要用一个词语来形容，那就是深山老林。除了避难人员，可能再也没有人会到这么一个地方。

想象着这里曾经的罂粟花，我想起了《尘埃落定》里所叙述的罂粟花海。在罂粟花开的地方，是否都有无数的风花雪雨，是否都有无数浪漫的凄楚故事。

昔日的流水，昔日的记忆，都已随着大河静静流向远方。

无数外来人员的足迹，也只是一阵清风，悄然拂来，也将悄然离去，只有那些生于斯死于斯的魂灵，在大河两岸久久回荡。

消失的陶匠

从石阡出发不久即到坪山。我们的目的地是尧上，听说那是一个美丽的仡佬族村寨，民风淳朴，景色宜人，是一处理想的栖居之地。

进入尧上之前，要经过一片灌木林，面积约几十平方公里。漫山遍野的树木披着绿色的纱巾，山底的河流清澈见底，迂回曲折，环绕着一块块土地，如一条飘洒的蓝色绸带，似乎在等待着晚春的风轻轻拂过。据说，这里原本是莽莽大森林，"大跃进"运动时，当地大量树木被一砍而空。不过，远方的山顶郁郁葱葱，原始森林的身影似乎还隐约可见。

传言，很久以前这里并没有人类居住，一个陶匠来到这里，才打破了往日的平静。陶罐，先民的生活必需品，先用黏土制成模型，再烧制而成。小时候，父母用陶罐煨茶，或用其装满猪油等物品，那种幸福的感觉，我记忆犹新。每当此时，我就问父母，这些陶罐是从哪里来的，他们只是说远方；也还记得当他们摔坏陶罐时伤心的表情，那样的情况下，他们只有等一段时间，待攒够了钱再去乡场买一个。

那位陶匠所受的苦不容置疑，伟大的他把一种技艺带到了这个地方。眼前的水土，一切都很平静，那些烧制陶罐的窑子似乎已被大地隐藏，那些残存的陶片似乎已被历史的风浪卷走，只有这样一个故事，还在这里流传。

具体时间我不清楚，一场山洪的暴发，直接造成了惨绝人寰的瘟疫。一位位乡民去世，那些幸存者只有饱含泪水，离开了这片土地，去流浪，去乞讨……过了许久，他们又陆续回来，当然，有的人也就一直留在了远方，再也没有回来。

陶匠与后来离开土地的那些乡民有血缘联系吗？或许瘟疫不止一次，曾经是几次，如一场场战争灭绝了一代代先辈，使这里的文化记忆被迫一次次中断。

沿着河流继续前行，就到了尧上。这个袖珍的村寨镶嵌在山谷里，三面环山，一条小溪从寨前缓缓流过，寨子的正对面是一片森林。在这里，除了山与水外，就是蓝天白云了，或者就是那不停飞过村庄的鸟群。

这里的住房均以木结构为主，错落有致，户与户之间有石板相连，乃一种天然的和谐。

寨子前面的邓氏宗祠，古色古香，前来这里祭祀的宗族已经越来越少，但它蕴涵着的历史文化却随着岁月的更替而越来越深厚。

邓氏，来源于何地，与传说中的那位陶匠有关系吗？不知道为什么，我越是想弄清楚这种关系，就越无法弄清。夕阳西下，在尧上，我并没有寻找到关于陶的一点点"碎片"。

在一村民家中，我向他询问了关于尧上的一些基本情况，他竟毫无保留，给我介绍了他所知道的关于这里的历史，以及祖先流传下来的故事，并且把他家中的宝贝——家谱取出来给我看。我欣喜若狂，以为能寻找到一点线索，但看遍家谱，更多的是一些邓氏族人的介绍，没有任何关于陶匠的记载。

虽然这没有让我寻找到陶匠的任何信息，但其中的其他信息却让我对这片土地有了更多的了解。邓氏家谱载："我邓氏自商王武丁封叔父子河北，其后遂因以为姓。"后翻阅史书，《左传·昭九年》传云景王使詹桓伯辞于晋曰："及武王克商，蒲姑、商奄，吾东土也；巴、濮、楚、邓，吾南土也。"

根据各种史料综合推测，石阡尧上的邓氏家族或与这里的邓国有关。

在此，我们不能不说到尧上仡佬族人民的传统节日——敬雀节。每年的农历二月初一，家家户户停止一切活动，并迎接出嫁的女儿回到娘家，杀三牲，打糍粑，自制各种好吃的食物，烧香、烧纸，以敬奉鸟神。

当地村民介绍，他们从不侵犯鸟类，而是像保护自己的子女一样保护它们，哪怕鸟啄食了土地里的种子，也对其敬重无比。民谣"二月初一开山花，林中雀儿叫喳喳。大雀为着育小雀，飞到地里害庄稼。地里无苗粮减产，屋里下锅饿大家。仡家想出好办法，家家户户打糍粑。糍粑搭在树丫杈，雀儿飞来叼糍粑。糍粑粘着雀嘴巴，就此不再害庄稼。地里苗齐粮丰产，喜得仡家乐哈哈"就是他们这种对鸟类的态度的生动体现。

源于对鸟的崇拜,这里的墓碑上、窗花里,处处都能见到鸟的身影。特别是那些墓碑上的石雕,生动活泼、栩栩如生,似乎仡佬族的先辈们把所有的心愿都托付给了一只只神鸟,希望与它们一起飞向理想的天堂。

关于敬雀节的来源,民间的说法是与人类历史上的洪水神话有关,反映在石阡仡佬族的起源传说中。相传洪水滔天之时,仡佬族阿仰兄妹藏在一个葫芦里,随水漂流。一只神鹰飞来,把这只葫芦抓起,救了兄妹二人,然后才有了仡佬族的繁衍。这一神话,还论述到仡佬族人民曾居住在黄河岸边一个物产丰富、环境优美的地方,这与如上所述的邓国地域大体一致。

从历史的长河来看,任何民族或多或少都进行过长期或短期的迁徙。族源上,仡佬族的祖先仡僚在从僚人分化成单一民族后,不久就进行了东西向的迁徙,一部分居五溪地区,即今湘西及贵州铜仁一带,今天居住在这一带的仡佬族就是由其繁衍发展而来。

一本家谱,让我在历史的长河中寻找到了关于仡佬族的一片星光,怎能说不幸运呢。仰望星空,似乎更能感受到人类的苍凉,那遥远的星河,或许就是祖先的葬身之地,去拜谒他们,谈何容易。

乡村旅馆寂静舒适,窗外的月光皎洁,乡村的夜,让人很容易入睡。

天一亮，我就早起来到小溪边，手捧溪水，往脸上浇抹，双眼更加明亮，天空格外清晰。

行走在溪边的小径上，我宁愿只是一个小孩，可以在这里戏水，可以在这里放行纸叠的小船，还可以在这里安装一架架木制的水车……

晨光降临到山谷，我猛然感叹，仡佬族的祖先既然来自中原一带，他们当然比西南本地少数民族掌握先进的制陶工艺，那陶匠，或许就是仡佬族的一位先辈吧！

远方的碾房前，有一位老人的背影在游荡，消失的陶匠似乎又回来了。

石头的生命

车过合兴,沿着一条水泥公路往山的深处前行。六月,公路两旁的玉米秆上已经背上了自己的后代。阴雨之后,山谷间的空气格外清新,呼吸着异域的美,一束束薄雾在山间游荡。伸手抓不住雾的身体,眼前,树的枝叶时隐时现。公路已由水泥路面变成了碎石路面。美景已让我忘记所有的颠簸,一心向往快速达到期望中的扶阳古城遗址。

扶阳,历经千余年,已经湮没在历史风尘之中。之前,除了文字本身记载于各种史籍之外,几乎没有了它的任何标识。直到 2007 年,当地文史专家才发现了这个曾一度"消失"的古城。

《嘉靖·思南府志》"废扶阳县":"《元志》云,在府西北八十里。隋于扶水之北置县,属庸州。唐属费州,宋废。"

这是当地地方志关于扶阳的为数不多的记载之一。但走进史书的海洋,我们会惊奇地发现,关于扶阳,在《元和郡县图志》《旧唐书》《新唐书》《太平寰宇记》《五代史》《中国古代地名大辞典》《宋史》等史书中都有明确的记载。

古代中国,中央王朝采用羁縻政策管理边疆地区。当时,由于各种势力的变化，或者说由于各种权贵的博弈，再加上管理本身的需要，边疆地区的行政区划总是在不断变化。各种因素，让我们很难梳理出一条关于扶阳的清晰的线索。

物是人非，扶阳的环城供排水系统依然发挥着基本作用，哗哗的流水声很容易把人带入一千多年前的隋唐时期。进入城的中心，我慢慢地被那些石头吸引了，陶醉在被那些石头掩埋的生命之间。

石门，苍凉地守望着一片片石院坝。那些重以吨记的条石，究竟从何运来？堆砌石头的物理学原理是什么？所有的一切，只能用文化这个抽象的概念进行总结。那些光辉的岁月已经远去，我们只能在这片废墟上推理，推理着我们并不熟悉的历史。

石坎，有的已经垮塌，有的依然完美。残缺与完美，滋生着人的想象，是战争、自然灾害，是内讧、族群之争……改变了这里的格局。

石狮，威武地守护着城门，亲历了古城的风霜雪雨。它应该是古城最可靠的见证者，不过，它的记忆已经化为神灵的指示，只留下了一具被风吹雨打得遍体鳞伤的躯体。

石碑，哨亭，城墙……石头铸造的文化遗迹，似乎正在萌生出巨大的生命力量，从而弥补历史对它的不公正待遇。

半塔半亭的惜字亭，也称文峰塔。站立之前，一种敬畏感立即而生。可想而知，这里的文化曾经是如何发达。惜字亭，是谁设计的,是谁建造的,又是谁命名的,已经无从知道。"夫以惜字名亭也,既原其所有始,必推其所由,终之乃兴工请匠,索予作记。予辞不敢,后因不得已而任之,予遂为之记",那些隐约可见的碑文,也只能让我们在文字的游戏里因其独有的神秘而感到满足。

即便走了很远,也很怀念那哨亭身后的一棵棵银杏树,因为它们与我不断遇见的石头从不同的侧面共同见证了这里的酸甜苦辣。多想摘下一片叶子,放在手中,希望它能给我带来智慧。

穿梭在城墙之间,感受着巷道的阴森。要真是回到隋唐,该是什么感受呢?传说中的时空隧道,真希望它瞬间就出现在我的眼前。

衙署及其府第的遗址依然还在,只是上面的建筑不知更换了多少。尽管如此,清代的木雕仍然传承着这里的文化记忆。关于衙署,还有一个神秘的传说。如今矗立在衙署之上的木房已经破烂不堪,不远处的石龙门更加增添了这里的凄楚。传说原本有一家人在这里居住,可由于生辰八字小,总是不顺,而且每当夜晚,总是看见一个模糊的人影从龙门那里走来。如果真有此事,那肯定是恐怖的,不说遇见,我写到这里,身上都在颤抖。后面,那户人家不得已只好搬走了,搬走后的那户人家在外地一切都很顺,那个传说更显得异常神秘了。

扶阳古城,经千余年变化,目前居住的人户大多为朱姓人士。据学者研究，这里的朱姓很可能与明王朝的朱元璋有着一定联系。据说，南明皇帝朱由菘（福王）覆灭后，其后代朱兴信隐居在江西南昌府高阶檐陈登榜家。康熙年间朱兴信与陈登榜父子一起投靠吴三桂，陈登榜之子陈应龙因在战斗中屡建战功而被封为川湖总督。因吴三桂只反清不复明，朱兴信与陈父子便来贵州隐逸，藏匿在思南府安化县十字街。朱兴信因违反街规被土司关押，深夜，陈登榜和陈应龙杀死看守救出朱兴信，逃往旋厂三大窝住下，开荒种地，至四五代后，人丁兴旺，并联合陈氏家族将住在扶阳古城内的康姓驱走，占领古城。

扶阳之地，直至如今人才辈出。朱氏后裔之说虽然还没有一个科学明确的结论，但至少给了我们一条探寻历史的脉络线索。从个人情感出发，我宁愿相信这是一个事实。

一次次踏入扶阳那片土地，一次次凝望着那些穿越千年的石头，一次次遥望古城之上的青烟，一次次追寻着石制文化的足迹，一次次倾听着那些隐匿在历史之间的声音，一次次回味着回荡在古城之间的神秘故事……

很远，也很近。

我听着石头的声音，爱着石头的生命。

深秋的茶园山

很久没有在秋日行走了，那些关于秋日的体验与感受，似乎正悄悄地在记忆的海洋里蒸发。然而，茶园山之行却让我再次成为灵魂的主角，进入了一幅秋日的大地之画。

茶园山位于铜仁城东锦江南岸，属六龙山脉北端漾头镇，是一座山清水秀、历史悠久、文化厚重的古村落。《铜仁徐氏宗谱·山川志》载："茶园山，城东二十里，亦名察院山，前明广西按察司副使徐以暹别业。"

此次行走乃我在茶园山的第二次行走，尽管与第一次行走的时间间隔并不长，但内心的感觉却相差甚远。或许，是季节不同的原因，或许，也有物是人非的缘故。

如果把春夏秋冬进行对比，我最喜欢的就是秋天了。

行走在进入茶园山之前的山谷，乡村公路弯弯曲曲。沿山而上，有的路段陡，有的路段稍平。那些大大小小的石子横躺在路的中间任我们肆意踩踏，与鞋子摩擦发出咯咯的声响，演奏出一首首美丽动听的山间交响曲。路边无数的灌木静静地聆听，似乎这就是对它们来说最有效的催眠曲。

继续行走，不知道当年徐福的后裔，是否就是沿着这条线路，寻找到了一个美丽的世外桃源。徐福系 2 000 多年前秦朝有名的方士，曾受秦始皇之命两次出海寻找长生不老之药，最后东渡日本一去不返。徐福出行时 36 岁，在故土已有子嗣，祖居今江苏榆赣徐福村，后一支迁至江西临川青泥，历 12 代，又分支于明嘉靖年间，并迁至铜仁。到铜仁第 4 代（徐福第 59 代）徐以暹参与南明政权反清失败后，为躲避清朝诛戮，逃到铜仁六龙山脉深处开辟庄园。

进入茶园山的门口，"徐福山庄"几个大字历历在目。翻过山坳，一片片水田镶嵌在几个小盆地里，一棵棵古树零乱地分布在田土之间。秋日的行走，使我产生出一种莫名的悲伤，深感岁月一年又一年无情逝去，而只剩下这里的树木，发芽、落叶，简单地重复着昨天的故事，见证着这里的世事沧桑。

茶园山养育了无数名人志士。除开山之主、曾任广西按察司副使的徐以暹外，还有会试第 62 名进士、殿试二甲第 6 名翰林、主编《铜仁府志》的徐如澍；有在京师大学堂毕业后任农商部技士兼京师大学堂讲习的徐邵钦；有创办贵州经世学堂，民国时充任第一届国会议员，任肃政厅政史、平政院评事的徐尚之；有设计建造铜仁第一座横跨锦江新式大桥——东门桥的徐世汉；有解放时任铜仁县人民政府第一任文教科科长的徐世侨……

如今还在这里继续成长的孩童，机智精灵，吮吸着这里的文化之汁、历史之液。因为是周末，他们有的在院坝里跳绳，有的在山上放牛，有的在屋里洗衣服，有的在帮父母做农活。难忘的是，在回家路上碰见一对母女，她们均扛着一捆竹子，艰难地行走在回家的路上。是竹子太重了，还是她们自己的力气太小了呢？那慢慢移动的脚步，使我的心律也非要与其一致。

村落里，龙门、封火墙、过道依然保存较好，景山第、南州第等黑黑的大字苍劲有力，彰显着这里源远流长的历史文化。据传，徐氏后代搬迁来这里后，经过繁衍，后分为长房、景山第、南州第三房，如今居住在这里的民众，几乎都为这三房家族的后嗣。在秋日的天空下，可以想象，曾经的茶院山，在这个时候，徐氏的后裔一定在用各种各样的形式庆祝五谷丰登，敬天敬地以及那些在当时已经沉睡的祖先，敬奉赐予了这块美丽家园的自然之神。

柏树林下的那口大水井，长年累月地无私奉献着，也不知是哪些先人，觉得它的水味道可口、流量大，就用一块块大石板把它装饰一番，并维持到如今。

秋日的井水静静地流淌着，承载着无数祖辈的记忆，又慢慢渗透进了他们曾经耕作的土地。那些流水，恰如他们的眼泪，在不停地涌溢。

心情接近春天

一切都已接近春天,包括心情。

飞驰的车轮,犹如逝去的记忆。己丑年正月十三,在赶往寨英灯会的路上,我忘记了所有。

寨英的历史可以追溯到明朝,当年,皇朝在那里屯兵,后发展为商埠,至清朝、民国时期为盛。

寨英古镇,就坐落于神奇的梵净山脚。

正月十三,恰逢寨英灯会,也是寨英赶集的佳期。

抵达寨英时正好是中午,新街人潮涌动,昔日的繁华正在重演。卖百货的,卖水果的,卖手机的……琳琅满目,应有尽有。但唯一吸引我的,是那些乡村理发师,他们随便在街角路口摆一张凳子,便操起自己熟悉的业务。还记得小时候很少有机会赶集,只是当头发长的时候,父母才带着去赶集理发,那时候几乎没有专业的理发店,都是乡村理发师流动作业。数十个理发师在街上列成一排,似一个露天的理发超市。因为条件的限制,那时理发师所用洗头的水,要经过多人冲洗后才倒掉,且洗头多用肥皂,白色的泡沫在盆里洗了又洗,一层黑色的脏物漂在水面,浮现出一种时代的印记。

今日，寨英的理发师除了洗头的水一人一洗以外，其他与我记忆中的没有任何区别。

"多少钱一个人？"我顺便问了一个年长的理发师。

"三块。"

"一场可以理二十个人吗？"

"没得问题。"他的笑容有些灿烂。

还没等话说完，一农村小孩就坐在了理发凳上，理发师取出帆布包里的专用剃刀，简单询问了几句，就开始自己的工作了。

如果按照这样计算，每个理发师一个场日可以挣一百块钱左右。于农村，这也是一笔不错的收入。但令人担忧的是，由于科技的发展，以及人们审美观念的变化，这些古老的行当是否会随着时代的发展而逐渐退出历史的舞台？一门传统而又独特的工匠艺术，究竟何去何从？行走在寨英的古城巷道里，望着那些光滑的石板，以及沧桑的木楼，悲哀的思绪四处扩散。

寨英古镇的房屋，主要为四合天井式样，有一进、二进、三进之分，大可练兵习武，小则只有两张方桌大小。小户人家木屋铺陈，大户人家雕梁画栋、飞檐翘角。试想当年，这一处何等繁华？时过境迁之后，只有通过留存的遗迹，去重新构建多年以前的景况。好在古镇毁坏不多，置身其中，触景生情，很容易让人进入另外一种生存状态。

缓缓向前，穿梭于古镇的旮旯角落，感受着祖先留下的遗产。

我们期待着，这"滚龙艺术之乡"的灯会。

夜幕降临，古镇木楼上的红灯笼开始发挥它们的作用。古镇四周的山上，不时有龙灯队伍在那里敲响音乐。龙灯音乐铿锵有力，激昂澎湃。尽管灯会还未开始，但从音乐里已经感觉到一种无法遏制的涌动。

寨英灯会以龙灯为主，龙灯又以滚龙为主。伊始，所有龙灯都前往福寿宫点灯接龙。那里是供奉灯的场所，必须先去那里朝贡，然后才出来玩耍。或者说，那里是灯的发源地，灯的圣地，所有的灯必须在那里点接，才具有灵性。

福寿宫最先是江西人聚会、休闲的场所，人称江西会馆，解放后，先后被区公所、镇政府、村委会占用，古镇被列为国家重点文物保护单位后，在那里的办事机构便迁走了。

正月十三的福寿宫，想必年年都热闹非凡。几十条龙先后来这里祭拜，似乎，这是一个儿孙满堂的世家。

灯从福寿宫出，抵达古镇的每一个可抵达之处，然后又前往镇外的山庙朝拜，回到新街，开始舞龙。

这个夜晚，不知是人多还是街小，每到一处，我总要用力挤进人群，才能观赏到滚龙的优美舞姿。滚龙的队伍用各种姿势展示着各自的风采。一条龙走以后，又一条龙过来了。难得的是，很多小孩也编扎了属于自己的龙，也在这个沸腾的海洋里走街串巷。一群群龙的传人，时时还说起福事——吉祥的顺口溜。从这里，我才真正领悟到了龙在寨英的地位。

听一街头妇女说，小孩玩的龙叫老龙，最终要烧掉，只有它们才可去向别人"讨钱"，主人所给金额不限，仅表心意而已。我亲眼看到，一位妇女打发的灯钱总数不少于一千元。这里的人们都已习惯把龙作为生活的一个重要组成部分，有这样一种氛围，值得珍惜。尤其是这样的钱是给老龙的，是否也折射出他们浓浓的尊老爱幼的情感呢？其次，在大多传统文化逐渐濒临消亡的今天，有一群孩子在自觉地传承着历史文化，支持与否，不用太多辩论。

观赏寨英滚龙，心情尤为舒畅。厚重的历史呈现于现代时空，灵魂亦经历了数个轮回。

一般情况下，寨英灯会要持续到凌晨三四点钟。

带着疲惫的步伐，晚上十一点左右我们离开了古老的灯镇。

月光被乌云遮挡，漆黑的夜，车灯引领着我们不断前进。行走在河岸的公路上，寒风从车窗进入，我的思维更加清晰了。

尽管夜已深，但我依然能够想象河里的水况。这些年，由于锰矿的开采和生态环境的恶化，不只是水位下降，水质也彻底发生了变化。

水不会说话，它只能静静地流着，灯也不会说话，但它却被寨英的人民推崇到极致。

是什么，让我在痛苦的边缘徘徊，渐渐地远离生活，情不自禁地神思恍惚？

天生桥印象

那是一个周末,一辆简陋的皮卡车运载着几位友人,行驶在乡村公路上。春日迟迟,嫩绿的树枝在金色的阳光下显出几分高贵。

熟悉的春天,再一次抵达我们的心灵。

目的地是城郊不远处的天生桥。当日,泛黄的河水使水面显得有些浑浊。

"涨水了!"我们异口同声地喊道。

那一刻,我有一些失望,可转念又想,从小就生活在小溪边的我,何不好好欣赏这另一番风景呢?

因为建起了电站,天生桥早已不复存在。电站大坝给这里酿造了一个美丽的天然湖泊。湖里有两艘汽艇运载旅客观光。登上汽艇,几个胆小的女孩都系上了救生圈,当然,我也不例外。

燕子洞,那是我们观赏的第一景,它就如一个倒置的鸟巢悬挂在崖壁上。据说,以前有很多燕子在这里栖居。如今,燕子还会来吗?那些曾经的燕子,它们又远去了何方?远方的燕子,你还记得这里吗?当时,我就回忆起了小学语文课本上的内容，"春天来了，燕子飞回来了"。可这个春天，燕子怎么还没有飞回来呢？

带着无限的忧思，汽艇继续前行。湖的两岸是经亿万年而形成的喀斯特地貌，有的像迷宫里的宝藏，有的像古树繁茂的根系，有的像各种各样的动物……

我们渐渐地远离了电站大坝，仿佛进入了另外一个人间天堂，感觉人在画中，画在人中。那一线飞瀑，从数十米的峭壁上直泻而下，长年不断，似一位老翁注视着这里的沧桑岁月，记载着这里的历史烟云。

汽艇驾驶员是当地人，他一边引领着我们向湖的深处前进，一边给我们介绍着这里的一山一水，介绍着这里的传奇故事。人在水中行，之前我有过三次难忘的经历：一是第一次坐上机动船从故乡驶往县城参加中考，那是我人生中第一次登上机动交通工具，当时对江的两岸充满了无限好奇，不时掀开布帘到处张望；二是多年前在威宁草海，乘着木船，感受着高原湖泊的魅力，聆听黑颈鹤与那些珍贵的鸟类共同演奏的自然之歌；三是在大海中放声呼喊，犹如中世纪的航海家探寻着这个世界。

鬼斧神工，只能这样形容大自然的神奇。它想创造什么，就创造什么。在天生桥水电站形成的湖泊中，处处都能感受到上苍的厚爱——它赐予了湖泊许多美景。

湖泊深处，是一种别样的凄凉。由于大坝蓄水不久，岸边的树木在水中还没有完全腐烂,水面之上的部分又由于水位变化而失去了绿色。

返程途中,那一线飞瀑又吸引着我们。瀑布的下方,居然悬挂着一道彩虹。那彩虹也真懂事,当我们临近的时候,它就拼命地展现自己的英姿,一会儿上,一会儿下。

"很多年没看见彩虹了。"

"还记得以前西门桥那里经常悬挂着彩虹。"

"小时候,彩虹经常探头到屋后的水井里吃水。"

……

那些关于彩虹的记忆,我们纷纷回味着。

回到岸边,刚经历的一切犹如一场突如其来的梦境,来也匆匆,去也匆匆。记忆朦胧,阳光已经慢慢向山顶移动。

夕阳西下,红红的微光照在脸上,每个人是多么惬意。

站在电站的大坝上,俯视下方,一股汹涌的河水从水泥炼制的洞穴里咆哮而出,沿着那条熟悉的溪流,飞快地奔向了远方。

衰落的土司遗址

所有的一切，似乎让人觉得这是一个再平凡不过的地方。

就连很多当地人，也仅知道这是一个很平凡的土司遗址而已。

十平方米左右的封火墙之间，镶嵌着一扇精致的石制窗户。据说，这墙刚拆除不久。听之，我有些难过，只有痴痴地看着那些石基，不知是被雨水还是被人的脚步摩擦得无比光滑，唯有它们，见证着一段残缺的历史。

龙泉坪，思州土司的大本营。关于土司，贵州这块土地曾经流传着"思播田杨"的说法，所谓思，则乃思州。可见，思州土司在历史上的地位何等重要。

历史已经远去，并且还将远去，万千人事，于宇宙来说，就在灰飞烟灭之间。史书，成为人类寻找祖先的主要途径。

关于思州，也只有从《十道志》《元和郡县志》《唐书》《太平寰宇记》等古籍里去寻找出它的蛛丝马迹。关于思州名称的开始，一说源于公元630年，也有634年之说。无论怎样，时间都为贞观初年，从这里我们就可以看出，历史学家们总结出的贞观之治，在这里也有着独特的体现。统治者加强对边疆地区的统治与管理，无形促进了唐王朝的快速发展。

历经唐宋王朝的发展，思州已扩展到北起务川、南抵三穗等地，囊括了今黔东北的大片区域。

至元十四年，也就是1277年，思州归附中央王朝。当时官吏的情况，已经无从可考，但可以推测，决定归附的长官一定是位智者。归附后，初置新军万户府，不久即改为思州军民安抚司，后又改安抚为宣抚司，治龙泉坪。地有龙泉并设龙泉坪长官司附廓焉。

龙泉坪的历史因此而改变。有人作了一个对比，当时的从四品官职，相当于如今的正厅级。不幸的是，后该地毁于大火，思州南迁，移治清江郡，即今天的贵州岑巩。

在面对历史的时候，我经常感慨于古人的勤劳与智慧。从历史记载的时间来推测，移治清江的思州没过多久就又返回了故地。

至元十七年（1280年），思州宣抚司返回龙泉坪，恢复了昔日的繁华与喧闹。那些忙碌的官吏当时一定很高兴，说不定在回来之日，还用米酒通宵庆贺。那夜的月亮，一定很圆，那夜的女人，一定很美。

古人言：人非草木，孰能无情。那些"学而优则仕"的古代官员，怎能没有感情呢？虽然在清江停留的时间不长，但是他们对那里难免有一种深深的情感，毕竟，那是他们曾经的避难所，说不定，少数风流之人还在那里留下了一段段儿女情长的回忆,所以,他们决定在清江设置思州安抚司。

也就是在这时,思州一分为二。

其间,思南的名称开始出现。康熙《辰州府志》卷一"沿革"曰:"自龙泉坪徙宣抚司治于清江,为思州,改称故思州为思南地。"民国《贵州通志》"前事志"也曰:"寻自龙泉坪徙宣抚司治清江郡,即此,因称此为思州,而改称故思州为思南。"

至元十八年(1281年),思州宣抚司(北部思州)改为思州宣慰司,至元二十九年(1292年),清江之思州安抚司(南部思州)改为思州宣抚司,相当于各自提高了一个层级。

到了至元末年,镇远州知州田茂安势力日益强大,占据了两个思州的大片土地。为了讨好明玉珍的伪夏政权,田茂安将思州宣慰司(北部思州)更名为思南宣慰司,向其贡献该地,并创设思南都元帅府,治今贵州思南。

因为田茂安,龙泉坪失去了有从三品官员的办公优势,其经济社会发展也受到了很大程度的影响。

龙泉坪就这样逐渐从历史的版图上消失,直至一无所有。

物是人非,令人欣慰的是,它身后的五仙山和身前的星宿岩,还在共同保护着一条清澈的龙泉水。

龙泉水,流淌着先人的智慧。

有谁在倾听,河边沙石的自言自语。

寻求贞节的路

投京村，隶属于松桃县孟溪镇。

慕名投京，是因为那里建有一座贞节牌坊。

暮春时节，行走在乡间的路上，稻田里还没有插上秧苗，山野之间一片绿色，万物之间，相互映衬。

地里的苞谷，只有两三寸高，有的主人正在那里锄土。从白泥凼上坡不久，再下山，就到了投京。在进入村寨之前的那片田野间，矗立着一座牌坊。我在山上看见那牌坊时，就有些激动，行走在那些田埂间，为快一点到达，几乎迈出了奔跑的脚步。

牌坊在历经风吹日晒雨淋之后，已显现出沧桑的模样。有可能是被雷击了的缘故，建筑的主体部分岌岌可危。

据考证，此牌坊建于清光绪末年至宣统元年之间。关于它的主人，有两种说法，一是谭家之妻，一是杨家之妻。从今天整个投京古寨的人都姓谭的事实来看，主人或许应是谭家之妻。但问题是，如果真是谭家之妻，那谭家的后代怎不料理这个牌坊呢？并且连它的一些基本情况也不是很熟悉。我问当地居民，投京古镇有杨姓吗。他们说有，后来因在寨上没人与他家交往，便搬走了。因浓厚的家族主义，关于牌坊的所有真相都被隐瞒了。

一连串的疑问，令人头疼，也让人充满无限遐思。

关于牌坊是谁修建的，也听说过几种版本。一种说法是主人生了两个小孩，但失去了丈夫，后来两个小孩都在外做了高官，两儿子为母亲修建了这座牌坊。一种说法是牌坊主人18岁失去丈夫，坚守贞洁，最后为自己立下了这样一个牌坊。更传奇的是，据说主人修建牌坊，在下地基的时候地基总是要倒塌，后面她便问自己的小孩怎么回事，小孩说他在河边洗衣服的时候看见过自己的父亲，和以前的父亲似乎有一些区别。主人反复质问：就这么一点点区别？后来主人就把地基的方位移动了一点点，便再无什么阻碍了。

牌坊的下面是一条小河，清清的河水从投京古镇之上流下。牌坊，似乎就是主人的化身，在河边等待丈夫的再次出现。

牌坊建在一条大路的中间，似乎人人路过，都需要仰视瞻仰。牌坊高8.3米，宽7.6米，左右轴对称，前后基本一致。前后的"旌表節孝"四个字依然历历在目，一面雕刻着"節厲""冰霜"两个词语，一面刻着"堅心""金石"两个词语。

"旌表節孝"几个字下面，镶嵌的石板上还刻着一些文字，我站在大路上，辨认不清。

遗憾的是，牌坊大门对联的字迹大多已经脱落。

这些历史，还有谁知道吗？

文化是矛盾的。修建牌坊是有文化的表现，但无法保护、保存，特别是那些关于它的真实故事已经无人知晓，这似乎又是没有文化的表现。

文化，似乎也只有这样模糊不清，才有更多的争论，也才有更多的悬念，如果一切都清晰明白，似乎又缺少点什么。站在牌坊的门口，我只能这样自我安慰。

一棵大树，一座土地庙，无声地告诉我，投京古寨，一定美丽。

应该说，在孟溪的每一个村民组，几乎都有土地庙，当地人习惯称为"土地"，有的村民组还不止一个。投京古寨的土地庙是我所见过的土地之中最漂亮的一座，石刻有文武秀才、飞鸟等图案花纹。近距离一看，"咸丰三年"（1853年），建造的时间还非常清楚。

土地庙，顾名思义就是供奉和祭祀土地神的地方。旧时，官府和百姓都得在特定的时间祭祀其所属的土地庙。

土地庙的前方是一祠堂遗址，遗址的一部分城墙已经破裂得有些忧郁，只有四周的青石板，还在孤独地守望着这尘封的岁月。

进入古寨的正大门，一棵古树，一方现代的土地，一排石头砌成的城墙，诗意地排列在那里。

大部分城墙虽然保存完整，但城内有的老屋基上已建起了现代建筑，有的房屋则因长期无人居住已经坍塌。

封火墙、幽静的小巷、青石、陌生的谭姓人家……

我无声地记录着这绝世的场景。

古寨的一边是小河,河岸的大石板上晾晒着几张五颜六色的被单。要不是天气还偏冷,我想河沟里一定有一大伙光屁股小孩在那里洗澡,尽享童年的欢乐。

太阳已经偏西,古寨与牌坊之间的稻田里,蛙声已经响起。

可惜这不是我的家乡,否则,来世,我一定让我的魂灵来这里长住。

我的春天属于谁

去伏魔山是缘于一位友人的推荐。很久以前,他曾去那里感受伏魔的余威,让那些不开心的事与自己擦肩而过。

关于伏魔山,《铜仁府志》载:"在城西五十里,上有祠,祭祀伏魔大帝,故名。"《锦江飞虹》一书中是这样记载的:传说,以前这里有一山妖,魔力很高,常出来残害百姓,山民们抱怨不已,后得观音菩萨出面降伏了山妖,"伏魔山"因此得名。

后一种说法有一些牵强附会。我们都知道,伏魔大帝是关羽封号,为帝王与民间所推崇供奉。佛教祀关羽始于六朝陈末。道教祀关羽,似始于北宋,明神宗万历四十二年(1614年),封其为"三界伏魔大帝神威远镇天尊关圣帝君",从此关帝庙、伏魔宫遍及全国。中国传统文化的传播有两个主要渠道,自上而下和自下而上,伏魔山庙宇的修建,应与自上而下的文化传播路径有关。

准确地说,这些知识的获得均源于这一次美丽之旅。

我们一行决定先乘车至伏魔山山脚,登山后再吃午饭。

或许是成长于乡村的缘故,下车之后,一看见那些嫩绿的小草在小河边悠闲地生长着,依附在一棵棵大树底下,勾引着牛儿的馋嘴……顿时,我又想到了自己的童年,在故乡的小溪边,牛儿在岸上吃草,我们一伙孩童却一丝不挂地泡在水塘里。时至今日,那些情景历历在目。

从读书到工作,在所有人看来,我很幸福。可谁知,那些积淀的烦恼就像雪球一样越滚越大。当我的双脚踩在那些鹅卵石上的时候,一种莫名的伤感袭上了心头。试想,那些鹅卵石曾经被清澈的河水爱着依偎着,如今却只能忍受阳光的炙烤,偶尔的雨水,不是带着这样的垃圾物,便夹杂着那样的臭味。人生,又何尝不是这样?辉煌的时候,所有的阳光都照射到你的身上,而失意之时,那些阳光就转向了。或许,我们的躯体,有一天也会如那些鹅卵石一样,被肆意地践踏。

我并不悲哀,其实想着这些鹅卵石的时候,自己很快乐,因为已经看清了人的一生。至少在那一刻,前方的伏魔山还在深深地吸引着我,像一位美丽的女神,在前方等待着。

走过了一段小溪,就进入了"之"字形小路。山上生长着的都是一些灌木丛。灌木丛中立着黄荆、油桐、山茶花,还有一些未成年的马尾松,不过,最吸引人的还是那些远古时代遗留下来的蕨类植物。山的表层,是一些风化的沙石。我想,有两个原因:一方面这里曾经是海洋,后来经过地壳运动而形成;一方面原本这里植被系统很完整,后因生态破坏而形成。无论什么原因,沿着那些砂石路攀登,总有一种心灵破碎的感觉,特别是当你站在一个个小山头的时候，一阵清风拂来，吹打着双眼，似乎那些曾经的运动就在眼前。

追随着那些沧桑的变化，经过一个多小时的努力，大家陆陆续续向山顶迈进。抵达山顶要经过几道石门，保存最完好的是刻有"云山独秀"那几个字的大门，其两边由巨石砌成，上方卷上巨石之后又铺上了众多石块。岁月沧桑，依然如故。"云山独秀"，应取自"云山雾绕、灵气独秀"之意。远看伏魔山，恰如几根石笋插在山顶，如是雾天，想必就是那几根石笋浮在雾中，怎会没有灵气呢？

从山顶那些残存的石壁来看，那里的香火原本一定很旺。那一块一块的石片，如果不是伏魔大帝亲自赐予，又从何方而来呢？粗略估计，曾经那里的房间不低于20间。对那些制造它们的工匠，我感到由衷的敬佩，尽管经过多年的风吹雨打，大部分房屋的结构和墙壁保存依然完整。

或许我们也应该感到欣慰，从那些废墟上生长起来的树木、杂草，为这里增添了无限的诗意。带着诗意的眼光看那些残壁，它们犹如一座古城，带着历史的沧桑和岁月的无奈，忧伤地矗立着。

沿着溪边的小道返程，一阵阵凉风从柳树的空隙间加入了我们的队伍，吹拂着田里的小草，绿浪一起一伏，似乎在欢送我们。有的村民正赶着牛儿回家，有的正在自家的院子里休息，有的还在田土里忙碌，有的还在河边唱起了莲花落……

行走于田埂，间或还有雨点从天空落下。别了，伏魔山，我还会再来。

回到家中，我总感觉缺少一点什么，是一餐可口的饭，是一个美丽的女孩，是一曲动听的山歌，还是一次深刻的思考？

伏魔大帝，我想请你告诉我，我的这个春天到底属于谁？

孟溪笔谈

春夏之交的一场雨后,在列车上观赏着窗外的风景。

铜仁到孟溪,快车也就1个小时左右的时间。

走出站口,孟溪镇呈现在眼下。小镇周围的公路上,矿车随处可见。早就耳闻这里盛产锰矿,真是名不虚传。

雨后的阳光,温柔而妩媚。小镇的上空也格外清晰,那些颗粒尘埃之类的杂物似乎已经被雨水带进地狱。群楼林立,到处都是一派繁荣的景象。

行走在新建的孟溪广场,心想:历史有时也会开一点玩笑。

看着今日的孟溪,真不敢相信昔日的情景。

孟溪,原为乌罗司上硐新寨。史书曾记载这里"位居边险,地窄民贫,不通商贾,民无生活。凡有差役、正杂粮,实难上纳"。从这段话很容易读懂,生活在那个年代的孟溪人民过着何等艰难的生活。尤其是在水路交通异常发达的古代,孟溪人民因为没有丰富的水资源而承受了太多的苦难。《松桃厅志》卷五"津梁"载:"上寨桥:在孟溪南一里,通寨英场水道。"当然,这并不是说由这里可经水道通往寨英场,而是从这里抵达寨英场才有水道可外出。

孟溪的发展历史本可以提前，只是乌罗府的过早废除，使它失去了快速发展的机遇。

乌罗，今日与孟溪同为松桃重镇，历史悠久灿烂，文化底蕴深厚。唐太宗贞观四年（630年），于今松桃地置乌罗洞、平土洞，两年后乌罗洞改为乌罗司。经元、明时期的不断发展，特别是随着土司制度的不断完善，乌罗司已发展为边邑要塞。

明永乐年间，思南与思州两宣慰司大动干戈，惊动朝廷。中央王朝便于1413年废除两土司，并在其地设置思州、思南、黎平、石阡、铜仁、镇远、新化、乌罗八府，实行改土归流。

当时，乌罗府辖乌罗、治古、答意、平头著可四长官司和朗溪蛮夷长官司。可就在1430年，乌罗府正在着手规划自身宏伟蓝图，即将大兴土木之际，治古、答意长官司等举兵反抗，这场内乱达8年之久。1438年，治古、答意二长官司被永行废除，乌罗只存三司，不足以立府，因而，乌罗府仅存25年之后，就只能以文字进入史书的记载了。

当时，如果乌罗府如其他几府一样继续发展，孟溪作为它的重要辖地，定会依靠这样一个政治中心而在发展的道路上先行一步。可惜历史没有假设，否则，我今天是否会来到这个世界，是否会用文字来叙述这样一段情缘，也是一个问题。

孟溪镇上，有农业银行的网点，有各种各样的名牌服装店、鞋店，如果仅从人们的衣着上看，很难判断出这是一个小镇。目光总是无法停留，带着我的思绪：到底是什么在引领孟溪快速前进？又到底是什么在引导着我随意行走？

很多当地的官员百姓，以及不是很了解那方水土的游人，都会说那是因为锰矿。或许吧，锰矿带给他们的财富太多太多。

当我步入孟溪万寿宫之时，我就怀疑，上面的答案是否太简单了一点。之前，从一些资料上得知，此宫建于清末，坐北向南，由大门、戏楼、两厢、正殿组成，占地1 200平方米，建筑面积约850平方米，正殿面阔五间，通面阔21米，进深四间，通进深9.1米，抬梁穿斗混合结构，封火山墙青瓦顶。宫殿建筑有的已经被焚烧，有的已经倒塌，只有那些青石板在杂草中一动不动，尽管我看到的是一片狼藉，可它的气势，足以证明这里曾盛极一时。

出于种种原因，孟溪发展的春天，一直到康乾盛世才来临。或许，是帝国昌盛的狂风席卷到了这块边陲之地；或许，是帝国的发展需要每一个族群的支持；或许，是那些先富的商贾影响了这片土地；也或许，是那些仁人志士需要寻求新的发展空间。

古代乡民社会的发展，与当代社会的发展一样，市场的作用非常重要。时光倒流，1786年农历八月初四，以杨氏家族为主的一群男人们歃血为盟，签订《开设孟溪场议约合同》。杨通绅叔侄将自己属下的荒山捐献出来。随后，以杨国器等人为首，掀起了一场轰轰烈烈的建设运动，在那个叫作鬼山坝的地方开场立基，卖牲畜，并输纳国赋，一个叫作孟溪场的"市"悄然形成。

历史已经没有准确记载，1786年农历八月初四，那日的天气究竟怎样。我想，那一定是一个美丽的秋天，阳光普照着鬼山坝，昔日的阴气荡然无存。一群兄弟喝着血酒，在鬼山坝里查勘地形，幻想着来日市场的美好景象。鬼山坝，从字义上讲，是鬼神出没的地方，但是这里地势平坦，数十里平地镶嵌在群山之中。这样的情景，时下在孟溪依然能够构建。

那日，他们一定喝得酩酊大醉。不过更重要的是，他们还议定："孟溪为乌罗上下适中之地，所有花、盐、油各行费归公收取，建苍圣宫，以作育才之地。"就这样，从孟溪场学堂到松茂书院，再从松茂书院到孟溪高、初两等小学堂，再到如今的孟溪小学，孟溪的教育为这里的发展储备了一批批栋梁，鬼山坝也因此成了一片富饶之地。新中国成立以后，贵州省矿务厅首任厅长杨光汉同志便是从这里走出大山，迈入仕途。

进入孟溪小学，书院的房屋依旧守候在那里，我的心也在那里久久停留，为了一次美丽的跳动。

一切都已成惘然，一切都将在明天。

双峰山记

腊月的小城,一切如故。

"回家过年吗?"

远方的父母打来电话。

我只说了一句"回来",就挂断了电话。就在刚刚逝去的那些时日,想必父母一定准备好了花甜粑、绿豆粉等年货,年猪也一定杀了。这时,他们想起了长年在外的儿子。

当然,我有足够的理由相信,他们时刻都在想念儿子,只是年关将近,想念的程度不断加深。

父母对子女的思念,就像一条不断流淌的河流。

无数次,我意欲尝试沿着这条河流向上探寻,去寻找它的源头,去体验河流两岸不一样的风景。然而,我失败了。

无数次,我站在小城的十字路口,梦想登上即将航行在那条河流的船只,可总是没有人愿意搭载。更多的时候,唯有登上小城不高不低的楼顶,俯视着那些宽阔的路面,看路面上拥挤的行人不停穿梭。

宽阔的路面更像一条思念的河流。

无人行走的角落,我悄悄地洒下一滴眼泪,希望它能汇入那条河流，带走思念。无数的眼泪流过以后，还在梦想，灵魂为什么不能够回到远方。

像流浪汉，更像即将迁徙的候鸟。

这一天，我站在大江即将汇入锦江的地方，凝视着前方的铜岩。幸福的是，陪伴我的还有几位友人。

我们的目的是去寻找一片阳光，最好在一块空旷的原野，原野的旁边最好还有一条河。

城市的人啊，怎么总是不容易感觉到年的到来呢？莫非真要等到年到的时候，我们才醒悟吗？

走过了秋天，冬天也即将过去。是不是真的随着年龄的增长，人的记忆就会逐渐变淡？我已经行走在回家的路上，沿着大江而上，往前走就是江口，江口那边就是印江，印江那边就是家乡思南了。

冬天的大部分树木已经落叶，一切都显得苍凉疲惫。大地的手指已经失去昔日的光环，大地的眼睛已经逐渐隐去昨日的灵性，只有日渐变老的人在没有目的地忙碌。

走在回家的路上，我并不能回家。

从木弄下车，经过渡口，沿山而上，那就是传说中的双峰山。我们要去那里寻找阳光。双峰山，每次回家都要从它山脚经过，可对它一无所知。

身子慢慢地向上移动，山下的村庄越来越远。村庄里有木房，也有砖房，似乎这是城乡结合不完全的产物。袅袅轻烟，与我们一起渐渐升高。烟雾逐渐消失在空中，无形地阻挡着我们的视线。那条回家的公路上，无数的车辆奔驰，无数的欲望奔向远方。

仰望，双峰山之间有一座小桥，远看小桥下面，怎也是个针孔。这个冬天，妈妈手中的线，不知是否还能穿过那个针孔，为我缝制一双登山的鞋。

山的那一边，群山相拥。寂静的荒野，风时而在草丛中飞舞。

一座小庙，全用石头砌成。从各种痕迹来看，那里的香火甚旺。小庙简陋，三面通风，香客在这里祭拜，魂灵四处飘逸。

无论谁站在山顶，都有一种征服的欲望。从地形来说，易守难攻。相传，当年土匪猖獗的时候，当地的民众把生活必需品运上山顶，在那里长期居住。土匪明知他们在山顶，可也不敢轻举妄动。

不知是哪一位匠人，在山顶的巨石上打了一个碓。从碓我们可以想象，那些无奈的父老乡亲，被追赶到这里生存。那些艰难困苦的生活，距离我们很远，也很近。

双峰之间的桥有1米多长，用石块垒成，一闪一闪的。桥的两边是悬崖。又是谁，巧夺天工，给我增添了无限的恐惧感。

山脚下的村寨，灰蒙灰蒙的。流淌的大江，已听不见它的声音，是在咆哮，还是在哭喊，我只有猜测。

终于找到了一片阳光。阳光下有一棵小树。关于树，我叫不出名字,但红红的细叶折射出诗意的光芒。

  多年前,一样的你
  生在高山
  我的故乡
  父母坚守的土地

我带走了那棵树上的一枚叶子,但并没有带走那片阳光。

闲游锦江

从西门桥码头乘船出发,置身于小城之下的锦江,平日非常熟悉的地方瞬间又变得非常陌生。

前行数百米,乃见铜岩。相传元朝时期有渔人在此江底拾得三尊铜像,为儒、道、释三祖,人们便把此地称为铜人。这是有关铜仁来源的一则传说故事。铜仁的来历,史料是这样描述的:首先是元朝开始在这里置铜人大小江等处蛮夷军民长官司,明朝改为铜仁长官司,铜仁至此定名。

铜岩的北面是江宗门,昔日的繁华水路已逐渐在岁月的更替中衰落。沿江而下,中南门、下南门的痕迹依旧,秀美的东山充满着绿意与生气。东山的南面乃一悬崖,从江面看去,"云彩江声""渊渟岳峙"两组石刻清晰可见,厚重的大字承载着悠久的历史。据说,"云彩江声"最早为明万历年间铜仁知县何采所书,后因年代久远难以辨认,清同治年间知府袁开第又补书。"渊渟岳峙"则为民国初年云南督军刘发坤北伐凯旋路过铜仁时所书。

回首那时日,当他们路过此地时,或许觉得东山缺了点什么,也或许当时舞文弄墨的兴致正浓,不留下点记忆,一颗激动的心似乎就难以搁下。题下"云彩江声",说不定那日何知县饮足了酒,略有几分醉意,便命令仆人,驶出一叶小舟。一行几人来到东山脚下,远远望去,那山的尽头是变幻莫测的彩云,在千年一遇的美景中,他沉醉了,忘记了所有。突然,源自锦江的声音打扰了他的思绪。那声音,是鱼儿在江中吟唱的进行曲;那声音,让他不再寂寞;那声音,孕育了他的灵感……

跟随着想象,心已跃入锦江,与鱼儿同游,脑海里总是试图勾勒出古城铜仁的原貌。

明景泰二年(1451年),时任知府果断作出了建城的决策。从开工之日,他就亲自督促,夜以继日,不管风吹雨打、严寒酷暑。不到一年时间,一个土城在这里初步形成。因为城是达官贵人的办公地点与居住地,所以建设者们对城门进行了精心设计,先是设东、上南、正南、下南、西、上西、北门七门,后又增设两个水门,不久又把老东门关闭,实则八门。最终形成了东门(称景和门,也称迎旭门)、下南门(称迎薰门,也称文明门)、正南(中南)门(称文昌门,也称承薰门)、上南门(称来禧门,又称朝宗门,俗名江宗门)、后水门(称咸宁门)、正西门(称阜成门,又称阜安门)、上西门(称宾旸门,又称永清门,俗名便水门)、北门(称拱辰门,又称怀远门)的格局。

那时,平民百姓只能在城门之外过着平凡的生活。如今,大多数城门只剩了名字本身，它的辉煌已经被这个城市彻底遗忘。

行走在城门之外，不得不佩服古人给城门命名的讲究。东门迎旭，也许就是迎接太阳在每一天升起；下南迎薰，也许就是迎接暖和的阳光（"薰"有暖和的阳光之意）；正南承薰，也许就是沐浴在暖和的阳光下……

无可否认，城门与天象、地理有着千丝万缕的联系。

游轮继续行走，就到了美丽的渔梁滩。因为河水与土地的博弈，造就了这样一处神奇的风景。河水弯弯，呈月牙形。初到铜仁时，我一直以为渔梁滩叫"月亮滩"。其实，在内心，我一直认可自己的说法，那就是更有韵味的月亮滩。这里河水清澈，时至今日，还不时有舟楫往返。假如，夜晚在月亮滩赏月，那又将是怎样的一番雅境。

这里原本为一段浅滩，鱼多争浅滩急流而上，成双成对嬉戏，交尾产卵繁殖。《铜仁府志》载："渔人就滩为梁，夜来蟹火星星，与蟾光掩映，最为幽寂。"正因为"就滩为梁"的记载，因此产生了渔梁滩的称谓。"石在清流月在天，月明滩上石涓涓"，把这里描述得更加诗意缠绵。因 20 世纪修建电站，水位上升，形成了如前所述的新的景致。

月亮滩之下，乃水晶阁。水晶阁三面环水，半岛上绿树成荫。有一次，与一友人在那里的枫树林散步，轻轻踩着脚下的红叶，听那沙沙的声响，体验着那美妙的旋律在温暖的阳光下跃动的感觉，真是令人难以忘怀。而如今在江中窥看水晶阁，大树与绿叶把它包围，更像一个迷宫。

水波荡漾，心如波纹，一起一伏。江岸的村庄、农田、树木、小草，似曾相识。阳光照耀，它们快乐地笑着。江里的水鸟，不时用尾翼敲打着水面，恰如即将起航的战机，飞向了远方。

船往回转，才发现两岸的桃花已经开过。岸边，有小孩在洗澡，有女人在洗衣，好一幅田园诗话般的画卷。

流水欢歌，一江春意，我的灵魂要怎样才能抵达，你最美丽的深处呢？

无情亦是锦江水，日夜流淌不消愁。

挂社记

朋友的亲戚为父亲挂社,我一同前往铜仁城郊之地龙田。那里,山峦之间,夹杂着数块土坡。土坡之上,生长着无数草丛。草丛里,有无数的坟茔隐藏其中。

不知从何日开始,铜仁人民有了挂社的习俗。社日,乃立春之后的第五个戊日,新坟前三年都要在社前祭扫。

《铜仁府志》载:"三月清明前后数日,剪白纸标,挂祖墓上,谓之挂清。若服未阕者,先于社日扫墓,以野蔬和饭祀之,谓之社饭。"道光本《思南府续志》亦载:"清明率子姓挈香帛、酒肴,诣各祖茔,扫石以祭,祭毕,藉草团坐以馂其余,有延亲友同往者,以楮帛系于小竹木梢插诸坟,谓之'挂青'。清明前后数日,均无限制,惟新坟则于社前拜扫,以表哀忱,故俗云:'新坟不过社。'"

优良的传统总是被发扬光大。挂社,何尝不是如此。还是刚参加工作不久,一同事邀我去为他岳父挂社,当时,便感受到了挂社的壮观场面。那场景,刻于我的内心,如一杯酒,越陈越香。那漫山遍野的鞭炮声,陪伴着忧伤的人群,一直在我的脑海里浮现。

朋友的亲戚的父亲已经静静躺在坟茔里两年了。两年的时光，如流水，似飞歌。人间，经历了无数的爱恨情仇，经历了无数的世事沧桑。而逝去的魂灵，默默地守望着那片净土，深爱着那片净土。

龙田，从字义上看，乃一块宝地。魂灵能在那里回归，何乐而不为？

坟茔的前方，是诱人的峰林。大大小小的山峰如竹笋一样生长着。有两个形状基本一致的山峰在视线的正前方，山上停留着无数的柏树。

我们一行几十人，在坟茔上插满了无数的菊花。各种颜色的菊花交相辉映，反射于眼球，无比地惬意。菊花，小时候老家则有之。那时，只知道其在冬春绽放，隽美多姿，素雅坚贞。后来才了解，古神话传说中菊花被赋予了吉祥、长寿的含义。

主人们说，插上的菊花要是都能活下来该多好。其实，在人类的心灵深处，又何尝不期望那些逝去的先祖能够复活。

献上菊花，是虔诚的表达。

坟茔的周围被放上一堆堆纸钱，等待点燃。我心想，古人大多应为孝子。祖先去世后，还发明了纸钱给其使用。王建《寒食行》中有"三日无火烧纸钱，纸钱那得到黄泉"之句，可见，焚烧纸钱的历史非常悠久。最早的纸钱，为竹子制造，在铜仁民间很常见。先把嫩竹击碎，再用石灰水浸泡，接着用石碾碾细，然后在石槽中灌水，加上竹沫与特殊的滑剂，用帘子操制而成纸垛子,最后人工把纸垛一张一张起层晾干而成。

焚烧纸钱,自然少不了香。传统的香,由竹和柏叶制作而成。烧香,有延续香火之意。

焚烧香纸,一股轻烟飘上天空,在山坡里,这似乎也是香火旺盛的符号。香火的味道,有一点刺鼻,但也有点令人回味。风一吹来,火焰也笑了,似乎那逝去的魂灵已经感知,有如此多的人来为他做伴。"风吹旷野纸钱飞,古墓垒垒春草绿"的感觉油然而生。

祭扫过后,亲朋老少聚在一起吃社饭,颇有情趣。当日,朋友的亲戚抬去了两大甑子社饭。随地铺上几张报纸,端上准备好的几个小菜,大家席地而坐,饮酒进食,谈笑风生,不多久,甑子里的社饭就下去了一大圈。

此时的情景,让我想起了小学时春游的感觉。不同的是,那时的我们不带任何目的,更多的是欢乐;而如今的挂社,却背负着缅怀的悲伤。

夕阳西下,草丛依旧,冥冥中那些坟茔又长大了一岁。

一行人行走在回家的路上。

春天,我们的家。

山野,我们最终将归属于你。

多少年后的夕阳西下之时,有谁还在为我们挂社?

遗落在废墟的碎片

深秋的阳光,温柔妩媚。

阳光的确美丽,但很快我们就离它远去,进入了汞矿矿洞遗址。矿洞里,在白炽灯照耀下,我们慢慢行走,一边欣赏美景,一边细听友人介绍。一路上,除了意外就是震惊,意外我们的祖先为什么能在这悬崖峭壁上挖掘着财富,震惊财富之外的矿洞经过岁月沧桑依然雄伟壮观。

历史不能倒退,我们只有默认。

矿洞有的很大,有的也很小。出于种种原因,作为旅游资源,矿洞只经过简单的处理,还没有深度开发,但我自己更喜欢这种原本的味道。友人说,这些矿洞都是工人自然挖掘矿产后形成的,我当然相信这不是假话,因为在有的地方还可以看见微量的红色朱砂。

在众多的历史遗址面前,人类容易感受到自己的渺小。身处矿洞,我不仅感到自己渺小,而且还感到自己的无知与幼稚。虽然历史已发展到今天,但对那些矿物与地理知识,对那些矿物的功能与作用、采掘与锻炼……我又知道多少呢?自己只有静静地观看,悄悄地沉思,那些简单而又复杂的事,那些逝去的人烟与岁月……

万山，古称大万山，以山得名。今特区辖境，夏商为荆州之域，周属楚，秦属黔中郡，汉属武陵郡，魏晋南北朝初属武陵郡，后属东䍧牁郡，隋属辰州，唐属锦州，宋属沅州。至元十四年（1277年），置大万山苏葛办等处军民长官司，属于思州安抚司。后思州宣慰使田琛与思南宣慰使田宗鼎争砂坑有怨，举兵相攻，琛称天主，朝廷敕镇远侯顾成以兵弹压。事平，革除思州、思南二宣慰司，设贵州布政使司。

这是一段关于万山的简要历史，但从这里我们可以看出，这一领域开采朱砂的历史较早，并且朱砂还是当时当地经济的重要支撑，要不然，两大土司也不会如此大动干戈，毕竟他们都是田家人。另据有关史料记载，两大土司相互"抄祖坟"，上书朝廷。历史有时也多么好玩，"本是同根生，相煎何太急？"田氏二人都是做到这一级别的官员了，难道都不知道这一简单的道理吗？利害关系他们都是知道的，只是为着自己的利益而忘记了所有。

试想，一土司采掘朱砂，发了横财，修建了许多殿宇，供养了许多美人，如果财源就在两土司交界的地方，另一土司怎会不眼红呢？眼看着别人享受荣华富贵，自己的府邸则冷冷清清，于是心理不平衡，矛盾不可避免。历史上，万山这一地理区域的确处在思州与思南两大土司的交界地带，可见，以砂为争夺内容的战争，或许还不止这一次。

时间在回首往事中悄然流逝,与大地上缓慢变弱的阳光一样。不知不觉间,我们穿越矿洞来到了另外一个地方。本来,这里的矿洞还有很多,路程也还很长很长,据不完全统计,有几百公里,但那长远的历史之路,在短暂的时间里,我们怎能行走完毕呢?或许,只有来生,才有机会去完成那些未了的夙愿了。

　　黑硐子,一看到这里,我的内心便一阵颤抖,仿佛置身于另外一个时代。山壁上,千疮百孔,远看如搁置悬棺的圣地,近看则如古人聚居的山洞。孰知,这是一个凝聚着无数工人生命的早期工厂。

　　夕阳西下,与深秋的草木一道,黑硐子异常寂静,没有水流,没有鸟鸣,只有许多无名的魂灵在这里游荡。秋风抚摸着我的脸,我无法微笑,"万人坑"里的尸骨似乎立即复活,一个个鲜活的面孔在不停劳作,他们只身穿着一条短裤,背篾里装载着各种矿石,满身汗水流淌不止。

　　黑硐子里的矿洞形状各异,有的大如洞穴,有的也只够人爬进爬出,我们没有进入。这里,记录着各种采矿、选矿、冶炼的技术。最早的采矿技术,可以追溯到很久以前的烧爆火窿法,就是先焚烧柴火令矿石升温致其破碎,再寻找矿产。一个人就在一个小洞里进进出出,一天,一辈子……

　　这里,还有英法水银公司的一个采矿炼汞遗址,一方面显现着近代工业的身影,一方面又隐含着近代列强盗采中国矿物的悲哀。

在这里，我们还可以尽情想象古人怎么爬上悬崖，把矿石取走而形成崖洞。据说，很早以前，这里的山崖上悬挂着许多美丽的矿石，人们想尽一切办法去采掘，随即沿着矿石的分布逐步渗透，最后便形成了现在的美景。

不可回避的事实是，万山所产的朱砂质地优良，历来为皇室官方注目。自唐以来，历代王朝都把万山朱砂列为贡品。唐人李吉辅《元和郡县制》载："开元间，思州贡葛和朱砂，辰州贡犀角和光明砂，锦州贡光明砂和水银。"《太平寰宇记》还载："药砂为辰锦朱砂。"另有史书记载："贵州土产则水银、辰砂、雄黄。……虽曰辰砂，实生贵竹。"宋人朱辅在《溪蛮丛笑》中说："砂出万山之崖为最。"

经过历代发展，万山地区对汞的采炼技术得到了逐步提高，其地位也得到了逐步提升，影响进一步扩大。《明史》记载："太祖时，惟贵州大万山司水银朱砂场。"《太宗永乐实录》则载："永乐十二年三月初二日（1414年3月22日），铜仁、省溪、提溪、大万山四长官司并鳌寨苏葛棒坑朱砂场局、大崖土黄坑水银朱砂场局属铜仁府。"当时的科学家宋应星在自己的著作《天工开物·丹青》中亦有"此种砂贵州思、印、铜仁等地最繁"的记载。

翻阅历史，一个个场景似乎又浮现在我的眼前。有时简直不敢相信，眼前的沧桑与支离破碎竟与大国的兴衰有着密切联系。万山汞矿的开采在解放后曾出现了一段辉煌的时期,特别是为国家积累资金偿还外债作出了重要贡献。

行走在这样的土地上,内心总是忐忑不安。我作为一个个体,确已无法祭奠那些为汞矿采炼而牺牲的一位位祖先。他们没有留下名字,也很少留下关于自己的故事,就如岁月的天空中消失了的云彩。

夜幕下的黑硐子,黑得并不可怕。我真想站在悬崖边上大声呐喊,听听那空旷的回声,是多么幽静;听听那回声响彻的瞬间,有多少幽灵在这里回应。但在这样的遗址面前,我又多么力不从心,不知有多少声音曾在这里呼喊,呼喊着远方的妻子,呼喊着远方的儿女、远方的亲人。他们听见了吗?或许,他们根本无法想象矿山演绎的交响曲。

黑硐子应该还有很多往事,但无情的岁月已将它淹没,简单地站在废墟之上,我们已经无法寻找到故事的碎片。

忘却烦恼的一夜

因为工作的缘故,我在德江久居了一段时间。

一条清澈的河水从县城穿城而过,人们将其叫作玉溪河。从远处看,河水犹如一条蓝色的绸带从天而降,一年四季,它都静静流淌。

暂住的居所,背靠钟鼎山,也有人说本名是钟应山。山水相映,我常常在这里的梦境里回忆,回忆童年的时光,回忆故乡的往事,回忆那些与这里似曾相识的情景……

早就听说这里的炸龙很有特色,自从来到这里后,我一直期待着。当初,看着炸龙的照片,我就想象,这欢乐的场景,这狂欢的场面,到底会是何等壮观。

白天与黑夜,现实与梦境,欢乐与痛苦……

时光如玉溪之水,似钟鼎之光,悄然离去,又轻轻回来。

庚寅年正月十四,似乎还在睡梦中,锣鼓声、呐喊声、欢呼声便已经响彻县城的各个角落。人们已经无法控制自己的欢乐,特别是在这新年之中的欢乐。上午十时左右,所有的龙灯队伍已经开始游行,穿插其中的有秧歌、花灯、傩戏、高脚戏等民间艺术表演。当地人说,正月十四是游行时间,十五的晚上才正式炸龙。

正月十四，恰逢德江县城赶集，人山人海，街道的每一个角落都挤满了人，很难在其中穿行。但众多的笑容却让我难以忘记，他们的快乐都被聚集在这一天的这一刻。有的是从外地回家探亲，有的是从乡村来城里走亲戚，为了等待这一天的到来，他们似乎与我一样，也期盼了许久。

近60支龙灯队伍在县城环绕，所有的舞龙人员都放下了平时的烦恼，他们尽情宣泄与释放着自己的情绪，舞动的速度时快时慢，吆喝声抑扬顿挫，行走的步伐时而矫健时而蹒跚，耍龙的动作各式各样、变幻无常、多姿多彩。

此外，花灯歌舞、老年秧歌、傩戏班子等，于龙灯队伍来说，更是锦上添花。

置身于历史的长河，龙的形象在每一位中华儿女的心中都已经打上了深深的烙印，尽管世界各民族中都有着丰富的关于龙的传说，但都比不上中华民族对龙的深刻记忆与弘扬。

早在永乐年间，德江就有了"舞龙求雨"的图文记载：当年始建的飞龙寺（时思州管辖）内正壁上的"求雨图"，画有草龙及各种人物。到了清朝，当时已建有专门祭祀龙神的场所。道光本《思南府续志》中有关于龙神祠的记载："在梓潼阁左，正祠三楹。道光十八年（1838年），募建祠，后为观音楼。乾隆五十九年（1794年），郡人刘昕、刘晟捐建，外为厅，今祠即改其厅而创建者。"《铜仁府志》在记载龙神庙时有这样一段叙述，雍正五年（1727年），奉上谕："龙神散布霖雨，福国佑民，功用显著。朕在京虔设各省龙神像位，为各省祈祷。今思龙神专司各省雨泽……朕特造各省龙神大、小二像，著各省督、抚迎请，供奉本地，虔诚展祀。"可见，对龙的崇拜与雨的祈求在当时各地较为盛行。

据资料记载，到了民国时期，舞龙已从过去的村村寨寨集中到县城，但舞龙套路尤其是舞龙绝活已大不如前，唯有炸龙一年胜过一年。其"炸"令人咋舌，突出表现为用鞭炮密集地轰炸和用烟花猛烈地喷灼。

盼星星、盼月亮，终于盼来了正月十五的夜晚。等我们几个友人从餐馆里吃完饭出来，街上的鞭炮声已经分不清是在哪个方向，只感觉到周围的声音都一样，这是我生命中第一次见到这样的场景。

街道两旁的主人早已把数量不等的鞭炮绑在了竹竿上，他们期待着龙的到来，就像期待着远方的贵客一样。龙灯队伍的舞龙人员全部光着身子，在一支火把的带领下穿梭于主人的鞭炮之下，有的主动用火把点燃了竹竿上的鞭炮，有的主人则举着竹竿追着龙灯队伍走了很远。

欢乐的海洋，我觉得都还不能概括当时的场景，那应是欢乐的天堂，这样的场景，似乎在人间之外。

再穷的人家，也要挂上几竹竿鞭炮。有的还用自制的烟花向着舞龙人员的身上扫射，烟花闪闪发光，颗颗光粒从人们的身体上落下,像是被点亮的快乐的泪水。烟花是用一根竹筒制成的,里面装着火药、铁砂等物品,有的用两片竹篾夹着竹筒喷射,有的被固定在板凳上,手持两个板凳脚便可操作。

据说,参与炸龙的人员都要喝二两白酒,在醉意之下,才没有疼痛的感觉,并且,身上被炸的伤疤,短时间内会自然痊愈。

从下午五点左右一直到晚上八点过,县城里始终被各种欢呼的声音笼罩着。在一条街上,看着一个年轻人摇摇晃晃,像被炸"晕"了似的,一路上只叫着"我要火炮,我要火炮……"他还没有被炸够,但他与自己的大队伍失去了联系。他能找到回家的路吗?我觉得最好是不要回家,这狂欢的夜晚,还有很多美好的事物在等待着他。

随着鞭炮声慢慢减少,龙灯队伍已经精疲力竭,主人的火炮所剩无几。县城的上空有一层雾霭,在红色的灯光下给县城套上了美丽的外装。夜,也该寂静了,但夜市上、馆子里,一群群人又聚集在那里延续着炸龙的狂欢,有的在喝酒,有的在闲扯。这是一个狂欢之夜。

龙身已被"炸"得不成样子,它们的使命似乎已经完成,遂孤独地守候着这个夜晚,快乐的时光都会变成美好的记忆。

那夜,我梦见了许多龙在玉溪河里嬉戏,我在岸边,驻足停留。

正月十六的早上,我还在梦境里。

那时，所有舞龙人员已经把被"炸"的龙请到玉溪河畔，大伙一起准备吃完龙稀饭后便将龙的骨架烧掉，放龙归海，送龙上天。

醒来，我的眼角残留着泪水，但我已经忘记，泪水流过的地方。

故乡不远处的石林

2009年,当我再次回到文家店的时候,乌江河水已因为思林水电站蓄水而淹没了昔日古镇,形成的湖泊蓝如天空。

晨雾从湖泊逐渐升起,穿行于岸边的树林与人户之间,这似一幅天然的水墨画,更似世外桃源的人间天堂。

我们一行7人从安仁过河,目的地是长坝石林。

安仁是乌江原来的一个老渡口,距曾经我所就读的文家店中学不远。还记得当时中学建造房屋,需要我们学生出工出力,我们一班学生全到安仁渡口去搬运河沙,那时个子小,扛几十斤河沙,还真费劲。

如今,河水已将我们搬运河沙修建的那些房屋掩埋,当然,掩埋的还有那些往事,那些艰辛与困苦。

现在过河工具全改成了机动船,看似不宽的河面,船行也需要好几分钟。雾越来越大,我们沿着盘山公路逐级而上,山谷之间,零星的稻田已经翻犁,但还没有插上秧苗,山脊上的马尾松在浓雾的遮掩下若隐若现。

因为雾,我们很难估计自己身处的高度。

公路几乎延伸到了山的最高处,朋友代租的面包车早已在等候，车行过山丫口，没多久，我们就到了长坝石林。

五月的乡村绿意盎然，林中的一切都披上了绿色的外衣，那些小鸟已经耐不住昔日的寂寞，叽叽喳喳，在那里欢歌跳跃。刚刚过去的冬天，它们似乎被压抑得太久，而令其心情复苏的春天，来也匆匆去也匆匆，只有在这初夏，可以尽情释放。

这些精灵欢迎我们，我们的心情也格外舒畅。从土家山寨穿过，一排排吊脚楼充满生机活力，男女老少笑容满面。

穿过山寨，一座座石峰拔地而起，形状各异：有的如屏风，有的如象鼻，有的如珍禽，有的如野兽，有的如美女，有的如妖怪，有的如将军，有的如懦夫……那些天然的岩石，有时，你想它是什么它就是什么。

长坝的石林非常秀美，特别是在春夏之交，藤类植物一爬上石峰，便沿着它的缝隙不停攀爬，顺势而绕，给其以最自然的装饰。长坝石林的秀美，还在于其每一个具体的石头本身体积并不庞大，但是排列及其本身的形状却给人一种轻松愉悦的感觉，让你看着它，感觉就会爱上它一样。

石林，这是大自然赐予长坝最珍贵的礼物。千百年来，这里的民众像守护孩子一样守护着这份礼物。我们在石林之间行走，更是小心翼翼，生怕破坏了它的一草一木。

朋友们聚集到一石峰处，一友人还爬上其顶，说要从上面直跳而下，我们一看，垂直高度有五六米，生怕一跳就摔断腿脚。还没等我们反应过来，他就伸开双手，如大鹏展翅，一跃而下,真是吓死我们了。孰知,草地上的他安然无恙,然后大家一阵哈哈大笑。

还记得第一次来长坝石林,是念初二的时候,班上组织春游。那年,我们从另外一条线路步行而来,十几岁的小伙,不知劳累,一路上嘻嘻哈哈。在石林里,我们还爬上一座座石峰,藏猫猫,玩游戏。

十几年时间一晃而过,曾经的同学各奔东西,成家立业,那些昔日的欢乐是否还储存在各自的心灵深处,我不得而知。我尽量走着以前走过的小路,无论如何,路上的脚印已无影无踪,只有石林里的石头没有任何变化,我一遍遍地向它们寻问关于那些往事的点点滴滴,它们沉默无语。

回头一看,在一块土里,姐弟俩正在锄土,八九岁的样子,一朋友见之,马上举起相机给他们拍了张合影,他说要把照片拿回去给自己的子女看,让他们深切感受乡村的日子。

乡村餐馆似乎沾满了商业化的味道,但那可口可亲的农家菜却让我们回到了从前,回到了自己所熟悉的土地与生活,尝到了自己所熟悉的乡村味道。

五月的阳光洒满大地,五月的大地长满鲜花。

五月的鲜花装满了故乡。

五月的故乡,不远处的石林,我正在离开。